Cuentos
para jugar
Gianni Rodari

Traducción de Carmen Santos
Ilustraciones de Gianni Peg

ALFAGUARA

Título original: *TANTE STORIE PER GIOCARE*
© Del texto: 1974, EDITORI RIUNITI. ROMA
© De las ilustraciones: 1974, GIANNI PEG
© De la traducción: 1980, CARMEN SANTOS
© 1980, Ediciones Alfaguara, S. A.
© 1987, Altea, Taurus, Alfaguara, S. A.
© De esta edición:
   1993, Santillana, S. A.

   Elfo, 32
   28027 Madrid
   Teléfono (91) 322 45 00

• Aguilar, Altea, Taurus, Alfaguara, S. A. de Ediciones
Beazley, 3860. 1437 Buenos Aires

• Aguilar, Altea, Taurus, Alfaguara, S. A. de C. V.
Avda. Universidad, 767. Col. Del Valle,
México D.F. C.P. 03100

I.S.B.N.: 84-204-4787-0
Depósito legal: M. 23.267-1996

Primera edición: diciembre 1980
Segunda edición: septiembre 1993
Novena reimpresión: julio 1996

Una editorial del grupo **Santillana** que edita en
España • Argentina • Colombia • Chile • México
EE. UU. • Perú • Portugal • Puerto Rico • Venezuela
Diseño de la colección:
JOSÉ CRESPO, ROSA MARÍN, JESÚS SANZ

Impreso sobre papel reciclado
de Papelera Echezarreta, S. A.
Printed in Spain

Cuentos
para jugar

INSTRUCCIONES PARA EL USO

Estas historias se publican con la amable autorización de la RAI (Radio-Televisión Italiana). De hecho, fueron escritas para un programa radiofónico que se titulaba precisamente Cuentos para jugar, que fue emitido en los años 1969-70.

Estos mismos cuentos aparecieron después en el Corriere dei piccoli.

Cada cuento tiene tres finales, a escoger.

En las últimas páginas el autor ha indicado cuál es el final que él prefiere.

El lector lee, mira, piensa y si no encuentra un final a su gusto puede inventarlo, escribirlo o dibujarlo por sí mismo.

¡Que os divirtáis!

El tamborilero mágico

Erase una vez un tamborilero que volvía de la guerra. Era pobre, sólo tenía el tambor, pero a pesar de ello estaba contento porque volvía a casa después de tantos años. Se le oía tocar desde lejos: *barabán, barabán, barabán...*

Andando y andando encontró a una viejecita.

—Buen soldadito, ¿me das una moneda?

—Abuelita, si tuviese, te daría dos, incluso una docena. Pero no tengo.

—¿Estás seguro?

—He rebuscado en los bolsillos durante toda la mañana y no he encontrado nada.

—Mira otra vez, mira bien.

—¿En los bolsillos? Miraré para darte gusto. Pero estoy seguro de que... ¡Vaya! ¿Qué es esto?

—Una moneda. ¿Has visto cómo tenías?

—Te juro que no lo sabía. ¡Qué maravilla! Toma, te la doy de buena gana porque debes necesitarla más que yo.

—Gracias, soldadito —dijo la viejecita—, y yo te daré algo a cambio.

—¿En serio? Pero no quiero nada.

—Sí, quiero darte un pequeño encantamiento. Será éste: siempre que tu tambor redoble todos tendrán que bailar.

—Gracias, abuelita. Es un encantamiento verdaderamente maravilloso.

—Espera, no he terminado: todos bailarán y no podrán pararse si tú no dejas de tocar.

—¡Magnífico! Aún no sé lo que haré con este encantamiento pero me parece que me será útil.

—Te será utilísimo.

—Adiós, soldadito.

—Adiós, abuelita.

Y el soldadito reemprendió el camino para regresar a casa. Andando y andando... De repente salieron tres bandidos del bosque.

—¡La bolsa o la vida!

—¡Por amor de Dios! ¡Adelante! Cojan la bolsa. Pero les advierto que está vacía.

—¡Manos arriba o eres hombre muerto!

—Obedezco, obedezco, señores bandidos.

—¿Dónde tienes el dinero?

—Lo que es por mí, lo tendría hasta en el sombrero.

Los bandidos miran en el sombrero: no hay nada.

—Por mí lo tendría hasta en la oreja.

Miran en la oreja: nada de nada.

—Os digo que lo tendría incluso en la punta de la nariz, si tuviera.

Los bandidos miran, buscan, hurgan. Naturalmente no encuentran ni siquiera una perra chica.

—Eres un desarrapado —dice el jefe de los bandidos—. Paciencia. Nos llevaremos el tambor para tocar un poco.

—Cogedlo —suspira el soldadito—; siento separarme de él porque me ha hecho compañía durante muchos años. Pero si realmente lo queréis...

—Lo queremos.

—¿Me dejaréis tocar un poquito antes de llevároslo? Así os enseño cómo se hace ¿eh?

—Pues claro, toca un poco.

—Eso, eso —dijo el tamborilero—, yo toco y vosotros (*barabán, barabán, barabán*) ¡y vosotros bailáis!

Y había que verles bailar a esos tres tipejos. Parecían tres osos de feria.

Al principio se divertían, reían y bromeaban.

—¡Animo, tamborilero! ¡Dale al vals!

—¡Ahora la polka, tamborilero!

—¡Adelante con la mazurka!

Al cabo de un rato empiezan a resoplar. Intentan pararse y no lo consiguen. Están cansados, sofocados, les da vueltas la cabeza, pero el encantamiento del tambor les obliga a bailar, bailar, bailar...

—¡Socorro!

—¡Bailad!

—¡Piedad!

—¡Bailad!

—¡Misericordia!

—¡Bailad, bailad!

—¡Basta, basta!

—¿Puedo quedarme el tambor?

—Quédatelo... No queremos saber nada de brujerías...

—¿Me dejaréis en paz?

—Todo lo que quieras, basta con que dejes de tocar.

Pero el tamborilero, prudentemente, sólo paró cuando les vio derrumbarse en el suelo sin fuerzas y sin aliento.

—¡Eso es, así no podréis perseguirme!

Y él, a escape. De vez en cuando, por precaución, daba algún golpecillo al tambor. Y enseguida se ponían a bailar las liebres en sus madrigueras, las ardillas sobre las ramas, las lechuzas en los nidos, obligadas a despertarse en pleno día...

Y siempre adelante, el buen tamborilero caminaba y corría, para llegar a su casa...

PRIMER FINAL

Andando y andando el tamborilero empieza a pensar: «Este hechizo hará mi fortuna. En el fondo he sido estúpido con aquellos bandidos. Podía haber hecho que me entregaran su dinero. Casi casi, vuelvo a buscarles...»

Y ya daba la vuelta para volver sobre sus pasos cuando vio aparecer una diligencia al final del sendero.

—He ahí algo que me viene bien.

Los caballos, al trotar, hacían tintinear los cascabeles. El cochero, en el pescante, silbaba alegremente una canción. Junto a él iba sentado un policía armado.

—Salud, tamborilero, ¿quieres subir?

—No, estoy bien aquí.

—Entonces apártate del camino porque tenemos que pasar.

—Un momento. Echad primero un bailecito.

Barabán, barabán... El tambor empieza a redoblar. Los caballos se ponen a bailar. El cochero se tira de un salto y se lanza a menear las piernas. Baila el policía, dejando caer el fusil. Bailan los pasajeros.

Hay que aclarar que aquella diligencia transportaba el oro de un banco. Tres cajas repletas de oro. Serían unos trescientos kilos. El tamborilero, mientras seguía tocando el tambor con una mano, con la otra hace caer las cajas en el sendero y las empuja tras un arbusto con los pies.

—¡Bailad! ¡Bailad!

—¡Basta ya! ¡No podemos más!

—Entonces marchaos a toda velocidad, y sin mirar hacia atrás...

La diligencia vuelve a ponerse en camino sin su preciosa carga. Y hete aquí al tamborilero millonario... Ahora puede construirse un chalet, vivir de las rentas, casarse con la hija de un comendador. Y cuando necesite dinero, no tiene que ir al banco: le basta su tambor.

SEGUNDO FINAL

Andando y andando, el tamborilero ve a un cazador a punto de disparar a un tordo. *Barabán, barabán...* el cazador deja caer la carabina y empieza a bailar. El tordo escapa.

—¡Desgraciado! ¡Me las pagarás!

—Mientras tanto, baila. Y si quieres hacerme caso, no vuelvas a disparar a los pajaritos.

Andando y andando, ve a un campesino que golpea a su burro.

—¡Baila!

—¡Socorro!

—¡Baila! Solamente dejaré de tocar si me juras que nunca volverás a pegar a tu burro.

—¡Lo juro!

Andando y andando, el generoso soldadito echa mano de su tambor siempre que se trata de impedir un acto de prepotencia, una injusticia, un abuso. Y encuentra tantas arbitrariedades que nunca consigue llegar a casa. Pero de todas formas está contento y piensa: «Mi casa estará donde pueda hacer el bien con mi tambor».

TERCER FINAL

Andando y andando... Mientras anda, el tamborilero piensa: extraño encantamiento y extraño tambor. Me gustaría mucho saber cómo funciona el encantamiento.

Mira los palillos, los vuelve por todos lados: parecen dos palitos de madera normales.

—¡A lo mejor el secreto está dentro, bajo la piel del tambor!

El soldadito hace un agujerito en la piel con el cuchillo.

—Echaré un vistazo —dice.

Dentro no hay nada de nada.

—Paciencia, me conformaré con el tambor como es.

Y reemprende su camino, batiendo alegremente los palillos. Pero ahora ya no bailan al son del tambor las liebres, las ardillas ni los pájaros en las ramas. Las lechuzas no se despiertan.

—*Barabán, barabán...*

El sonido parece el mismo, pero el hechizo ya no funciona.

¿Vais a creerlo? El tamborilero está más contento así.

Pinocho el astuto

Había una vez Pinocho. Pero no el del libro de Pinocho, otro. También era de madera, pero no era lo mismo. No le había hecho Gepeto, se hizo él solo.

También él decía mentiras, como el famoso muñeco, y cada vez que las decía se le alargaba la nariz a ojos vista, pero era otro Pinocho: tanto es así que cuando la nariz le crecía, en vez de asustarse, llorar, pedir ayuda al Hada, etcétera, cogía un cuchillo, o sierra, y se cortaba un buen trozo de nariz. Era de madera ¿no? así que no podía sentir dolor.

Y como decía muchas mentiras y aún más, en poco tiempo se encontró con la casa llena de pedazos de madera.

—Qué bien —dijo—, con toda esta madera vieja me hago muebles, me los hago y ahorro el gasto del carpintero.

Hábil desde luego lo era. Trabajando se hizo la cama, la mesa, el armario, las sillas, los estantes para los libros, un banco. Cuando estaba haciendo un soporte para colocar encima la televisión se quedó sin madera.

—Ya sé —dijo—, tengo que decir una mentira.

Corrió afuera y buscó a su hombre, venía trotando por la acera, un hombrecillo del campo, de esos que siempre llegan con retraso a coger el tren.

—Buenos días. ¿Sabe que tiene usted mucha suerte?

—¿Yo? ¿Por qué?

—¡¿Todavía no se ha enterado?! Ha ganado cien millones a la lotería, lo ha dicho la radio hace cinco minutos.

—¡No es posible!

—¡Cómo que no es posible...! Perdone ¿usted cómo se llama?

—Roberto Bislunghi.

—¿Lo ve? La radio ha dado su nombre, Roberto Bislunghi. ¿Y en qué trabaja?

—Vendo embutidos, cuadernos y bombillas en San Giorgio de Arriba.

—Entonces no cabe duda: es usted el ganador. Cien millones. Le felicito efusivamente...

—Gracias, gracias...

El señor Bislunghi no sabía si creérselo o no creérselo, pero estaba emocionadísimo y tuvo que entrar a un bar a beber un vaso de agua. Sólo después de haber bebido se acordó de que nunca había comprado billetes de lotería, así que tenía que tratarse de una equivocación. Pero ya Pinocho había vuelto a casa contento. La mentira le había alargado la nariz en la medida justa para hacer la última pata del soporte. Serró, clavó, cepilló ¡y terminado! Un soporte así, de comprarlo y pagarlo, habría costado sus buenas veinte mil liras. Un buen ahorro.

Cuando terminó de arreglar la casa, decidió dedicarse al comercio.

—Venderé madera y me haré rico.

Y, en efecto, era tan rápido para decir mentiras que en poco tiempo era dueño de un gran almacén con cien obreros trabajando y doce contables haciendo las cuentas. Se compró cuatro automóviles y dos autovías. Los autovías no le servían para ir de paseo sino para transportar la madera. La enviaba incluso al extranjero, a Francia y a Burlandia.

Y mentira va y mentira viene, la nariz no se cansaba de crecer. Pinocho cada vez se hacía más rico. En su almacén ya trabajaban tres mil quinientos obreros y cuatrocientos veinte contables haciendo las cuentas.

Pero a fuerza de decir mentiras se le agotaba la fantasía. Para encontrar una nueva tenía que irse por ahí a escuchar las mentiras de los demás y copiarlas: las de los grandes y las de los chicos. Pero eran mentiras de poca monta y sólo hacían crecer la nariz unos cuantos centímetros de cada vez.

Entonces Pinocho se decidió a contratar a un «sugeridor» por un tanto al mes. El «sugeridor» pasaba ocho horas al día en su oficina pensando mentiras y escribiéndolas en hojas que luego entregaba al jefe:

—Diga que usted ha construido la cúpula de San Pedro.

—Diga que la ciudad de Forlimpopoli tiene ruedas y puede pasearse por el campo.

—Diga que ha ido al Polo Norte, ha hecho un agujero y ha salido en el Polo Sur.

El «sugeridor» ganaba bastante dinero, pero por la noche, a fuerza de inventar mentiras, le daba dolor de cabeza.

—Diga que el Monte Blanco es su tío.

—Que los elefantes no duermen ni tumbados ni de pie, sino apoyados sobre la trompa.

—Que el río Po está cansado de lanzarse al Adriático y quiere arrojarse al Océano Indico.

Pinocho, ahora que era rico y super rico, ya no se serraba solo la nariz: se lo hacían dos obreros especializados, con guantes blancos y con una sierra de oro. El patrón pagaba dos veces a estos obreros: una por el trabajo que hacían y otra para que no dijeran nada. De vez en cuando, cuando la jornada había sido especialmente fructífera, también les invitaba a un vaso de agua mineral.

PRIMER FINAL

Pinocho cada día enriquecía más. Pero no creáis que era avaro. Por ejemplo, al «sugeridor» le hacía algunos regalitos: una pastilla de menta, una barrita de regaliz, un sello del Senegal...

En el pueblo se sentían muy orgullosos de él. Querían hacerle alcalde a toda costa, pero Pinocho no aceptó porque no le apetecía asumir una responsabilidad tan grande.

—Pero puede usted hacer mucho por el pueblo —le decían.

—Lo haré, lo haré lo mismo. Regalaré un hospicio a condición de que lleve mi nombre. Regalaré un banquito para los jardines públicos, para que puedan sentarse los trabajadores viejos cuando están cansados.

—¡Viva Pinocho! ¡Viva Pinocho!

Estaban tan contentos que decidieron hacerle un monumento. Y se lo hicieron, de mármol, en la plaza mayor. Representaba a un Pinocho de tres metros de alto dando una moneda a un huerfanito de noventa y cinco centímetros de altura. La banda tocaba. Incluso hubo fuegos artificiales. Fue una fiesta memorable.

SEGUNDO FINAL

Pinocho se enriquecía más cada día, y cuanto más se enriquecía más avaro se hacía. El «sugeridor», que se cansaba inventando nuevas mentiras, hacía algún tiempo que le pedía un aumento de sueldo. Pero él siempre encontraba una excusa para negárselo:

—Usted en seguida habla de aumentos, claro. Pero ayer me ha colado una mentira de tres al cuarto; la nariz sólo se me ha alargado doce milímetros. Y doce milímetros de madera no dan ni para un mondadientes.

—Tengo familia —decía el «sugeridor»—, ha subido el precio de las patatas.

—Pero ha bajado el precio de los bollos, ¿por qué no compra bollos en vez de patatas?

La cosa terminó en que el «sugeridor» empezó a odiar a su patrón. Y con el odio nació en él un deseo de venganza.

—Vas a saber quién soy —farfullaba entre dientes, mientras garabateaba de mala gana las cuartillas cotidianas.

Y así fue como, casi sin darse cuenta, escribió en una de esas hojas: «El autor de las aventuras de Pinocho es Carlo Collodi».

La cuartilla terminó entre las de las mentiras. Pinocho, que en su vida había leído un libro, pensó que era una mentira más y la registró en la cabeza para soltársela al primero que llegara.

Así fue cómo por primera vez en su vida, y por pura ignorancia, dijo la verdad. Y nada más decirla, toda la leña producida por sus mentiras se convirtió en polvo y serrín y todas sus riquezas se volatizaron como si se las hubiera llevado el viento, y Pinocho se encontró pobre, en su vieja casa sin muebles, sin ni siquiera un pañuelo para enjugarse las lágrimas.

TERCER FINAL

Pinocho se enriquecía más cada día y sin duda se habría convertido en el hombre más rico del mundo si no hubiera sido porque cayó por allí un hombrecillo que se las sabía todas; no sólo eso, se las sabía todas y sabía que todas las riquezas de Pinocho se habrían desvanecido como el humo el día en que se viera obligado a decir la verdad.

—Señor Pinocho, esto y lo otro: ponga cuidado en no decir nunca la más mínima verdad, ni por equivocación, si no se acabó lo que se daba. ¿Comprendido? Bien, bien. A propósito, ¿es suyo aquel chalet?

—No —dijo Pinocho de mala gana para evitar decir la verdad.

—Estupendo, entonces me lo quedo yo.

Con ese sistema el hombrecillo se quedó los automóviles, los autovías, el televisor, la sierra de oro. Pinocho estaba cada vez más rabioso pero antes se habría dejado cortar la lengua que decir la verdad.

—A propósito —dijo por último el hombrecillo— ¿es suya la nariz?

Pinocho estalló:

—¡Claro que es mía! ¡Y usted no podrá quitármela! ¡La nariz es mía y ay del que la toque!

—Eso es verdad —sonrió el hombrecito.

Y en ese momento toda la madera de Pinocho se convirtió en serrín, sus riquezas se transformaron en polvo, llegó un vendaval que se llevó todo, incluso al hombrecillo misterioso, y Pinocho se quedó solo y pobre, sin ni siquiera un caramelo para la tos que llevarse a la boca.

Aquellos pobres fantasmas

En el planeta Bort vivían muchos fantasmas. ¿Vivían? Digamos que iban tirando, que salían adelante. Habitaban, como hacen los fantasmas en todas partes, en algunas grutas, en ciertos castillos en ruinas, en una torre abandonada, en una buhardilla. Al dar la medianoche salían de sus refugios y se paseaban por el planeta Bort, para asustar a los bortianos.

Pero los bortianos no se asustaban. Eran gente progresista y no creían en los fantasmas. Si los veían, les tomaban el pelo, hasta que les hacían huir avergonzados.

Por ejemplo, un fantasma hacía chirriar las cadenas, produciendo un sonido horriblemente triste. En seguida un bortiano le gritaba: —Eh, fantasma, tus cadenas necesitan un poco de aceite.

Supongamos que otro fantasma agitaba siniestramente su sábana blanca. Y un bortiano, incluso pequeño, le gritaba: —A otro perro con ese hueso, fantasma, mete esa sábana en la lavadora. Necesita un lavado biológico.

Al terminar la noche los fantasmas se encontraban en sus refugios, cansados, mortificados, con el ánimo más decaído que nunca. Y venían las quejas, los lamentos y gemidos.

—¡Es increíble! ¿Sabéis lo que me ha dicho una señora que tomaba el fresco en un balcón? «Cuidado, que andas retrasado, me ha dicho, tu reloj atrasa. ¿No tenéis un fantasma relojero que os haga las reparaciones?»

—¿Y a mí? Me han dejado una nota en la puerta sujeta con un chincheta, que decía: «Distinguido señor fantasma, cuando haya terminado su paseo cierre la puerta; la otra noche la dejó abierta y la casa se llenó de gatos vagabundos que se bebieron la leche de nuestro minino».

—Ya no se tiene respeto a los fantasmas.

—Se ha perdido la fe.

—Hay que hacer algo.

—Vamos a ver, ¿qué?

Alguno propuso hacer una marcha de protesta. Otro sugirió hacer sonar al mismo tiempo todas las campanas del planeta, con lo que por lo menos no habrían dejado dormir tranquilos a los bortianos.

Por último tomó la palabra el fantasma más viejo y más sabio.

—Señoras y señores —dijo mientras se cosía un desgarrón en la vieja sábana—, queridos amigos, no hay nada que hacer. Ya nunca podremos asustar a los bortianos. Se han acostumbrado a nuestros ruidos, se saben todos nuestros trucos, no les impresionan nuestras procesiones. No, ya no hay nada que hacer... aquí.

—¿Qué quiere decir «aquí»?

—Quiero decir en este planeta. Hay que emigrar, marcharse...

—Claro, para a lo mejor acabar en un planeta habitado únicamente por moscas y mosquitos.

—No señor: conozco el planeta adecuado.

—¡El nombre! ¡El nombre!

—Se llama planeta Tierra. ¿Lo veis, allí abajo, ese puntito de luz azul? Es aquél. Sé por una persona segura y digna de confianza que en la Tierra viven millones de niños que con sólo oír a los fantasmas esconden la cabeza debajo de las sábanas.

—¡Qué maravilla!

—Pero ¿será verdad?

—Me lo ha dicho —dijo el viejo fantasma— un individuo que nunca dice mentiras.

—¡A votar! ¡A votar! —gritaron de muchos lados.

—¿Qué es lo que hay que votar?

—Quien esté de acuerdo en emigrar al planeta Tierra que agite un borde de su sábana. Esperad que os cuente... uno, dos, tres... cuarenta... cuarenta mil... cuarenta millones... ¿Hay alguno en contra? Uno, dos... Entonces la inmensa mayoría está de acuerdo: nos marchamos.

—¿Se van también los que no están de acuerdo?

—Naturalmente: la minoría debe seguir a la mayoría.

—¿Cuándo nos vamos?

—Mañana, en cuanto oscurezca.

Y la noche siguiente, antes de que asomase alguna luna (el planeta Bort tiene catorce; no se entiende cómo se las arreglan para girar a su alrededor sin chocarse), los fantasmas bortianos se pusieron en fila, agitaron sus sábanas como alas silenciosas... y helos aquí de viaje, en el espacio, como si fueran blancos misiles.

—No nos equivocaremos de camino ¿eh?

—No hay cuidado: el viejo conoce los caminos del cielo como los agujeros de su sábana...

PRIMER FINAL

...En unos minutos, viajando a la velocidad de la luz, los fantasmas llegaron a la Tierra, a la parte que estaba entonces en sombra, en la que apenas acababa de empezar la noche.

—Ahora romperemos filas —dijo el viejo fantasma—, cada uno se marcha por su lado y hace lo que le parezca. Antes del alba nos reuniremos en este mismo sitio y discutiremos sobre la situación. ¿De acuerdo? ¡Disolverse! ¡Disolverse!

Los fantasmas se dispersaron por las tinieblas en todas direcciones.

Cuando volvieron a encontrarse no cabían en la sábana de alegría.

—¡Chicos, qué gozada!

—¡Vaya suerte!

—¡Qué fiesta!

—¡Quién se iba a imaginar encontrar todavía a tanta gente que cree en los fantasmas!

—¡Y no sólo los niños. También muchos mayores!

—¡Y tantas personas cultas!

—¡Yo he asustado a un doctor!

—¡Y yo he hecho que a un comendador se le volviera blanco el pelo!

—Por fin hemos encontrado el planeta que nos conviene. Voto que nos quedemos.

—¡Yo también!

—¡Yo también!

Y esta vez, en la votación, no hubo ni siquiera una sábana en contra.

SEGUNDO FINAL

...En unos minutos, viajando a la velocidad de la luz, los fantasmas de Bort llegaron a gran distancia de su planeta. Pero en las prisas por irse no se habían dado cuenta de que en la cabeza de la columna se habían colocado... justamente aquellos dos fantasmas que votaron contra el viaje a la Tierra. Por si os interesa saberlo, eran dos oriundos. En otras palabras, eran dos fantasmas de Milán a los que habían hecho salir huyendo de la capital lombarda un grupo de milaneses únicamente armados de tomates podridos. A escondidas habían ido a parar a Bort, entremezclándose con los fantasmas bortianos. No querían ni oír hablar de volver a la Tierra. Pero ¡ay de ellos! si hubieran confesado ser unos clandestinos. Así que le dieron vueltas al asunto. Y dicho y hecho.

Se colocaron en la cabeza de la columna, cuando todos creían que el que indicaba el camino era el viejo y sabio fantasma, quien se había quedado dormido volando con el grupo. Y en vez de dirigirse hacia la Tierra se encaminaron hacia el planeta Picchio, a trescientos millones de miles de kilómetros y siete centímetros de la Tierra. Era un planeta habitado únicamente por un pueblo de ranas miedosísimas. Los fantasmas de Bort se encontraron a gusto, por lo menos durante unos cuantos siglos. Después parece que las ranas de Picchio dejaron de asustarse de los fantasmas.

TERCER FINAL

...En unos minutos, viajando a la velocidad de la luz, se encontraron en el territorio de la Luna y ya se preparaban para pasar a la Tierra, y poner manos a la obra, cuando vieron que por el espacio se acercaba otro cortejo de fantasmas.

—¡Hola! ¿Quién va?

—¿Y quiénes sois vosotros?

—No vale, nosotros os lo hemos preguntado primero. Contestad.

—Somos fantasmas del planeta Tierra. Nos marchamos porque en la Tierra ya nadie le tiene miedo a los fantasmas.

—¿Y a dónde vais?

—Vamos al planeta Bort, nos han dicho que allí hay mucha guerra que dar.

—¡Pobrecillos! ¿Pero os dais cuenta? Justamente nosotros nos largamos del planeta Bort porque allí los fantasmas ya no tienen nada que hacer.

—¡Cáspita! Con esto no contábamos. ¿Qué hacemos?

—Unámonos y busquemos un mundo de miedosos. Habrá quedado alguno, aunque sólo sea uno, en el inmenso espacio...

—Bien, de acuerdo...

Y eso es lo que hicieron. Unieron los dos séquitos y se hundieron en los abismos, refunfuñando de mal humor.

El perro que no sabía ladrar

Había una vez un perro que no sabía ladrar. No ladraba, no maullaba, no mugía, no relinchaba, no sabía decir nada. Era un perrillo solitario, a saber cómo había caído en una región sin perros. Por él no se habría dado cuenta de que le faltara algo. Los otros eran los que se lo hacían notar. Le decían:

—¿Pero tú no ladras?

—No sé... soy forastero...

—Vaya una contestación. ¿No sabes que los perros ladran?

—¿Para qué?

—Ladran porque son perros. Ladran a los vagabundos de paso, a los gatos despectivos, a la luna llena. Ladran cuando están contentos, cuando están nerviosos, cuando están enfadados. Generalmente de día, pero también de noche.

—No digo que no, pero yo...

—Pero tú ¿qué? Tu eres un fenómeno, oye lo que te digo: un día de estos saldrás en el periódico.

El perro no sabía cómo contestar a estas críticas. No sabía ladrar y no sabía qué hacer para aprender.

—Haz como yo —le dijo una vez un gallito que sentía pena por él. Y lanzó dos o tres sonoros *kikirikí.*

—Me parece difícil —dijo el perrito.

—¡Que va, es facilísimo! Escucha bien y fíjate en mi pico.

—Vamos, mírame y procura imitarme.

El gallito lanzó otro *kikirikí*.

El perro intentó hacer lo mismo, pero sólo le salió de la boca un desmañado «keké» que hizo salir huyendo aterrorizadas a las gallinas.

—No te preocupes —dijo el gallito—, para ser la primera vez está muy bien. Venga, vuélvelo a intentar.

El perrito volvió a intentarlo una vez, dos, tres. Lo intentaba todos los días. Practicaba a escondidas, desde por la mañana hasta por la noche. A veces, para hacerlo con más libertad, se iba al bosque. Una mañana, precisamente cuando estaba en el bosque, consiguió lanzar un *kikirikí* tan auténtico, tan bonito y tan fuerte que la zorra lo oyó y se dijo: «Por fin el gallo ha venido a mi encuentro. Correré a darle las gracias por la visita...» E inmediatamente se echó a correr, pero no olvidó llevarse el tenedor, el cuchillo y la servilleta porque para una zorra no hay comida más apetitosa que un buen gallo. Es lógico que le sentara mal ver en vez de un gallo al perro que, tumbado sobre su cola, lanzaba uno detrás de otros aquellos *kikirikí*.

—Ah —dijo la zorra—, conque esas tenemos, me has tendido una trampa.

—¿Una trampa?

—Desde luego. Me has hecho creer que había un gallo perdido en el bosque y te has escondido para atraparme. Menos mal que te he visto a tiempo. Pero esto es una caza desleal. Normalmente los perros ladran para avisarme de que llegan los cazadores.

—Te aseguro que yo... Verás, no pensaba en absoluto en cazar. Vine para hacer ejercicios.

—¿Ejercicios? ¿De qué clase?

—Me ejercito para aprender a ladrar. Ya casi he aprendido, mira qué bien lo hago.

Y de nuevo un sonorísimo *kikirikí*.

La zorra creía que iba a reventar de risa. Se revolcaba por el suelo, se apretaba la barriga, se mordía los bigotes y la cola. Nuestro perrito se sintió tan mor-

tificado que se marchó en silencio, con el hocico bajo y lágrimas en los ojos.

Por allí cerca había un cuco. Vio pasar al perro y le dio pena.

—¿Qué te han hecho?

—Nada.

—Entonces ¿por qué estás tan triste?

—Pues... lo que pasa... es que no consigo ladrar. Nadie me enseña.

—Si es sólo por eso, yo te enseño. Escucha bien cómo hago y trata de hacerlo como yo: *cucú... cucú... cucú...* ¿lo has comprendido?

—Me parece fácil.

—Facilísimo. Yo sabía hacerlo hasta cuando era pequeño. Prueba: *cucú... cucú...*

—*Cu...* —hizo el perro—. *Cu...*

Ensayó aquel día, ensayó al día siguiente. Al cabo de una semana ya le salía bastante bien. Estaba muy contento y pensaba: «Por fin, por fin empiezo a ladrar de verdad. Ya no podrán volver a tomarme el pelo».

Justamente en aquellos días se levantó la veda. Llegaron al bosque muchos cazadores, también de esos que disparan a todo lo que oyen y ven. Dispararían a un ruiseñor, sí que lo harían. Pasa un cazador de esos, oye salir de un matorral *cucú... cucú...,* apunta el fusil y —¡*bang!* ¡*bang!*— dispara dos tiros.

Por suerte los perdigones no alcanzaron al perro. Sólo le pasaron rozando las orejas, haciendo *ziip ziip,* como en los tebeos. El perro a todo correr. Pero estaba muy sorprendido: «Ese cazador debe estar loco, disparar hasta a los perros que ladran...»

Mientras tanto el cazador buscaba al pájaro. Estaba convencido de que lo había matado.

—Debe habérselo llevado ese perrucho, a saber de dónde habrá salido —refunfuñaba. Y para desahogar su rabia disparó contra un ratoncillo que había sacado la cabeza fuera de su madriguera, pero no le dio.

El perro corría, corría...

PRIMER FINAL

El perro corría. Llegó a un prado en el que pacía tranquilamente una vaquita.

—¿Adónde corres?

—No sé.

—Entonces párate. Aquí hay una hierba estupenda.

—No es la hierba lo que me puede curar...

—¿Estás enfermo?

—Ya lo creo. No sé ladrar.

—¡Pero si es la cosa más fácil del mundo! Escúchame: *muuu... muuu... muuuu...* ¿No suena bien?

—No está mal. Pero no estoy seguro de que sea lo adecuado. Tú eres una vaca...

—Claro que soy una vaca.

—Yo no, yo soy un perro.

—Claro que eres un perro. ¿Y qué? No hay nada que impida que hables mi idioma.

—¡Qué idea! ¡Qué idea!

—¿Cuál?

—La que se me está ocurriendo en este momento. Aprenderé la forma de hablar de todos los animales y haré que me contraten en un circo ecuestre. Tendré un exitazo, me haré rico y me casaré con la hija del rey. Del rey de los perros, se comprende.

—Bravo, qué buena idea. Entonces al trabajo. Escucha bien: *muuu... muuu... muuu...*

—*Muuu...* —hizo el perro.

Era un perro que no sabía ladrar, pero tenía un gran don para las lenguas.

SEGUNDO FINAL

El perro corría y corría. Se encontró a un campesino.

—¿Dónde vas tan deprisa?

—Ni siquera yo lo sé.

—Entonces ven a mi casa. Precisamente necesito un perro que me guarde el gallinero.

—Por mí iría, pero se lo advierto: no sé ladrar.

—Mejor. Los perros que ladran hacen huir a los ladrones. En cambio a ti no te oirán, se acercarán y podrás morderles, así tendrán el castigo que se merecen.

—De acuerdo —dijo el perro.

Y así fue cómo el perro que no sabía ladrar encontró un empleo, una cadena y una escudilla de sopa todos los días.

TERCER FINAL

El perro corría y corría. De repente se detuvo. Había oído un sonido extraño. Hacía *guau guau. Guau guau.*

—Esto me suena —pensó el perro—, sin embargo no consigo acordarme de cuál es la clase de animal que lo hace.

—*Guau, guau.*

—¿Será la jirafa? No, debe ser el cocodrilo. El cocodrilo es un animal feroz. Tendré que acercarme con cautela.

Deslizándose entre los arbustos el perrito se dirigió hacia la dirección de la que procedía aquel *guau guau* que, a saber por qué, hacía que le latiera tan fuerte el corazón bajo el pelo.

—*Guau, guau.*

—Vaya, otro perro.

Sabéis, era el perro de aquel cazador que había disparado poco antes cuando oyó el *cucú.*

—Hola, perro.

—Hola, perro.

—¿Sabrías explicarme lo que estás diciendo?

—¿Diciendo? Para tu conocimiento yo no digo, yo ladro.

—¿Ladras? ¿Sabes ladrar?

—Naturalmente. No pretenderás que barrite como un elefante o que ruja como un león.

—Entonces, ¿me enseñarás?

—¿No sabes ladrar?

—No.

—Mira y escucha bien. Se hace así: *guau, guau...*

—*Guau, guau* —dijo en seguida nuestro perrito. Y, conmovido y feliz, pensaba para sus adentros: «Al fin encontré el maestro adecuado.»

La casa en el desierto

Había una vez un señor muy rico. Más rico que el más rico de los millonarios americanos. Incluso más rico que el Tío Gilito. Superriquísimo. Tenía depósitos enteros llenos de monedas, desde el suelo hasta el techo, del sótano a la buhardilla. Monedas de oro, de plata, de níquel. Monedas de quinientas, de cien, de cincuenta. Liras italianas, francos suizos, esterlinas inglesas, dólares, rublos, zloty, dinares. Quintales y toneladas de monedas de todas clases y de todos los países. De monedas de papel tenía miles de baúles llenos y sellados.

Este señor se llamaba Puk.

El señor Puk decidió hacerse una casa.

—Me la haré en el desierto —dijo—, lejos de todo y de todos.

En el desierto no hay piedra para hacer casas, ni ladrillos, argamasa, madera o mármol... No hay nada, sólo arena.

—Mejor —dijo el señor Puk—, me haré la casa con mi dinero. Usaré mis monedas en vez de la piedra, de los ladrillos, de la madera y del mármol.

Llamó a un arquitecto e hizo que le diseñara la casa.

—Quiero trescientas sesenta y cinco habitaciones —dijo el señor Puk—, una para cada día del año. La casa debe tener doce pisos, uno por cada mes del año. Y quiero cincuenta y dos escaleras, una por cada semana del año. Hay que hacerlo todo con las monedas ¿comprendido?

—Harán falta algunos clavos…

—Nada de eso. Si necesita clavos, coja mis monedas de oro, fúndalas y haga clavos de oro.

—Harán falta tejas para el techo…

—Nada de tejas. Utilizará mis monedas de plata, obtendrá una cobertura muy sólida.

El arquitecto hizo el diseño. Fueron necesarios tres mil quinientos autovías para transportar todo el dinero necesario en medio del desierto.

Se necesitaron cuatrocientas tiendas para alojar a los obreros.

Y se empezó. Se abrieron los cimientos y después, en vez de echar el cemento armado, venga de monedas a carretadas, a camiones llenos. Luego las paredes, una moneda sobre otra, una moneda junto a otra. Una moneda, un poco de argamasa, otra moneda. El primer piso todo de monedas italianas de plata de quinientas liras. El segundo piso, todo de dólares y de cuartos de dólar.

Después las puertas. Estas también hechas con monedas pegadas entre sí. Luego las ventanas. Nada de cristales: chelines austriacos y marcos alemanes bien encolados y, por dentro, forradas con billetes de banco turcos y suizos. El tejado, las tejas, la chimenea: todos hechos con monedas contantes y sonantes. Los muebles, las bañeras, los grifos, las alfombras, los peldaños de las escaleras, el enrejado del sótano, el retrete: monedas, monedas, monedas por todas partes, únicamente monedas.

Todas las noches el señor Puk registraba a los albañiles cuando dejaban el trabajo para asegurarse de que no se llevaban algún dinero en el bolsillo o dentro de un zapato. Les hacía sacar la lengua porque también, si se quería, podía esconderse una rupia, una piastra o una peseta debajo de la lengua.

Cuando se terminó la construcción aún quedaban montañas y montañas de monedas. El señor Puk hizo que las llevaran a los sótanos, a las buhardillas, llenó muchas habitaciones, dejando sólo un pasaje estre-

cho entre uno y otro montón, para pasear y hacer cuentas.

Y luego se fueron todos, el arquitecto, el capataz, los obreros, los camioneros, y el señor Puk se quedó solo en su inmensa casa en medio del desierto, en su gran palacio hecho de dinero, dinero bajo los pies, dinero sobre la cabeza, dinero a diestra y siniestra, delante y detrás, y adonde fuera, a cualquier parte que mirara, no veía más que dinero, dinero, dinero, aunque se pusiera con la cabeza para abajo no veía otra cosa. De las paredes colgaban centenares de cuadros valiosísimos: en realidad no estaban pintados, era dinero colocado en marcos, y hasta los marcos estaban hechos con monedas. Había centenares de estatuas, hechas con monedas de bronce, de cobre, de hierro.

En torno al señor Puk y a su casa estaba el desierto, que se extendía sin fin hacia los cuatro puntos cardinales. A veces llegaba el viento, del Norte o del Sur, y hacía batir las puertas y las ventanas que producían un sonido extraordinario, un tintineo musical, en el que el señor Puk, que tenía un oído finísimo, lograba diferenciar el sonido de las monedas de los diferentes países de la tierra: «Este *dinn* lo hacen las coronas danesas, este *denn* los florines holandeses... Y, esta es la voz del Brasil, de Zambia, de Guatemala...»

Cuando el señor Puk subía las escaleras reconocía las monedas que pisaba sin mirarlas, por el tipo de roce que producían sobre la suela de los zapatos (tenía unos pies muy sensibles). Y mientras subía con los ojos cerrados murmuraba: «Rumania, India, Indonesia, Islandia, Ghana, Japón, Sudáfrica...»

Naturalmente dormía en una cama hecha con dinero: marengos de oro para la cabecera y para las sábanas, billetes de cien mil liras cosidos con hilo doble. Como era una persona extraordinariamente limpia, cambiaba de sábanas todos los días. Las sábanas usadas las volvía a guardar en la caja de caudales.

Para dormirse leía los libros de su biblioteca. Los volúmenes se componían de billetes de banco de

los cinco continentes, cuidadosamente encuadernados.
El señor Puk no se cansaba nunca de hojear esos volúmenes, pues era una persona muy instruida.

Una noche, precisamente cuando hojeaba un volumen del Banco del Estado australiano...

PRIMER FINAL

Una noche el señor Puk oye que golpean una puerta del palacio y no se equivoca, dice: «Es la puerta hecha con esos antiguos táleros de María Teresa.»

Va a ver y no se ha equivocado. Son los bandidos.

—La bolsa o la vida.

—Por favor, señores, entren y observen: no tengo bolsas ni bolsillos.

Los bandidos entran y no se toman ni siquiera la molestia de mirar a las paredes, las puertas, las ventanas, los muebles. Buscan la caja fuerte: está llena de sábanas y desde luego ellos no están allí para comprobar si son de hilo o de papel afiligranado. En toda la casa, desde el primer al duodécimo piso, no hay ni una bolsa ni un bolsillo. Hay extraños montones de algo, en ciertas habitaciones, en los sótanos, en las buhardillas, pero está oscuro, no se ve de qué se trata. Además, los ladrones son gente concreta: ellos quieren la cartera del señor Puk, y el señof Puk no tiene cartera.

Los bandidos primero se enfadan y luego se echan a llorar: han atravesado todo el desierto para efectuar ese robo y ahora tienen que volverlo a atravesar con las manos vacías. El señor Puk, para consolarles, les ofrece limonada fresca. Luego los bandidos desaparecen en la noche, derramando lágrimas en la arena. De cada lágrima nace una flor. A la mañana siguiente el señor Puk puede contemplar un bellísimo paisaje florido.

SEGUNDO FINAL

Una noche el señor Puk oye golpear a una puerta y no se equivoca: «Es la que está hecha con esos antiguos táleros del Negus de Etiopía.»

Va a abrir. Son dos niños perdidos en el desierto. Tienen frío, tienen hambre, lloran.

—Una limosna.

El señor Puk les da con la puerta en las narices. Pero ellos continúan llamando. Al fin el señor Puk se apiada de ellos y les dice: —Coged esta puerta.

Los niños la cogen. Pesa, pero es toda de oro: se la llevan a casa, podrán comprarse café con leche y pastas.

En otra ocasión llegan otros dos niños pobres y el señor Puk les regala otra puerta. Entonces se corre la voz de que el señor Puk se ha vuelto generoso y llegan pobres de todas partes del desierto y de las tierras habitadas y nadie se vuelve con las manos vacías: el señor Puk regala a uno una ventana, a otro una silla (hecha de moneditas de cincuenta céntimos), etcétera. Al cabo de un año ya ha regalado el techo y el último piso.

Pero los pobres continúan llegando en largas filas desde todos los rincones de la tierra.

«No sabía que fuesen tantos», piensa el señor Puk.

Y, año tras año, les ayuda a destruir su palacio. Después se va a vivir en una tienda, como un beduino o un campista, y se siente tan, pero tan ligero.

TERCER FINAL

Una noche el señor Puk, hojeando un volumen de billetes de banco, encuentra uno falso. ¿Cómo habrá llegado allí? Y... ¿y no habrá más? El señor Puk hojea rabiosamente todos los volúmenes de su biblioteca y encuentra una docena de billetes falsos.

—¿No habrá también monedas falsas rodando por la casa? Tengo que mirar.

Como ya se ha dicho, es una persona muy sensible. No le deja dormir la idea de que en un rincón cualquiera del palacio, en una teja, en un taburete, pegada a una puerta o a un muro, haya una moneda falsa.

Y así empieza a deshacer toda la casa, en busca de las monedas falsas. Empieza por el tejado y va hacia abajo, un piso tras otro, y cuando encuentra una moneda falsa se pone a gritar: —La reconozco, me la dio aquel bribón, el Tal de Cual...

Conoce sus monedas una a una. Hay poquísimas falsas porque siempre se ha fijado mucho en el dinero, pero cualquiera puede tener un momento de distracción.

Así que ha desmontado toda la casa, pedazo a pedazo. Allí está, en medio del desierto, sentado encima de un montón de ruinas de plata, oro y papel del Banco de Italia. Ya no tiene ganas de reconstruir la casa desde el principio. Tampoco le apetece abandonar el montón. Se queda allí arriba, furioso. Y de estar siempre encima de su montón de monedas se va haciendo cada vez más pequeño. También él se convierte en una moneda. Se convierte en una moneda falsa. De forma que cuando la gente viene a apoderarse de todo aquel dinero, a él le tiran en medio del desierto.

El flautista
y los automóviles

Había una vez un flautista mágico. Es una vieja historia, todos la conocen. Habla de una ciudad invadida por los ratones y de un jovenzuelo que, con su flauta encantada, llevó a todos los ratones a que se ahogaran en el río. Como el alcalde no quiso pagarle, volvió a hacer sonar la flauta y se llevó a todos los niños de la ciudad.

Esta historia también trata de un flautista: a lo mejor es el mismo o a lo mejor no.

Esta vez es una ciudad invadida por los automóviles. Los había en las calles, en las aceras, en las plazas, dentro de los portales. Los automóviles estaban por todas partes: pequeños como cajitas, largos como buques, con remolque, con caravana. Había automóviles, tranvías, camiones, furgonetas. Había tantos que les costaba trabajo moverse, se golpeaban, estropeándose el guardabarros, rompiéndose el parachoques, arrancándose los motores. Y llegaron a ser tantos que no les quedaba sitio para moverse y se quedaron quietos. Así que la gente tenía que ir andando. Pero no resultaba fácil, con los coches que ocupaban todo el sitio disponible. Había que rodearlos, pasarlos por encima, pasarlos por debajo. Y desde por la mañana hasta por la noche se oía:

—¡Ay!

Era un peatón que se había golpeado contra un capó.

—¡Ay! ¡Uy!

Estos eran dos peatones que se habían topado arrastrándose bajo un camión. Como es lógico, la gente estaba completamente furiosa.

—¡Ya está bien!

—¡Hay que hacer algo!

—¿Por qué el alcalde no piensa en ello?

El alcalde oía aquellas protestas y refunfuñaba:

—Por pensar, pienso. Pienso en ello día y noche. Le he dado vueltas incluso todo el día de Navidad. Lo que pasa es que no se me ocurre nada. No sé qué hacer, qué decir, ni de qué árbol ahorcarme. Y mi cabeza no es más dura que la de los demás. Mirad qué blandura.

Un día se presentó en la Alcaldía un extraño joven. Llevaba un chaqueta de piel de cordero, abarcas en los pies, una gorra cónica con una enorme cinta. Bueno, que parecía un gaitero. Pero un gaitero sin gaita. Cuando pidió ser recibido por el alcalde, la guardia le contestó secamente:

—Déjale tranquilo, no tiene ganas de oír serenatas.

—Pero no tengo la gaita.

—Aún peor. Si ni siquiera tienes una gaita ¿por qué te va a recibir el alcalde?

—Dígale que sé cómo liberar a la ciudad de los automóviles.

—¿Cómo? ¿Cómo? Oye, lárgate, que aquí no se tragan ciertas bromas.

—Anúncieme al alcalde, le aseguro que no se arrepentirá…

Insistió tanto que el guardia tuvo que acompañarle ante el alcalde.

—Buenos días, señor alcalde.

—Sí, resulta fácil decir buenos días. Para mí solamente será un buen día aquel en el que…

—…¿la ciudad quede libre de automóviles? Yo sé la manera.

—¿Tú? ¿Y quién te ha enseñado? ¿Una cabra?

—No importa quién me lo ha enseñado. No pierde nada por dejarme que lo intente. Y si me promete una cosa antes de mañana ya no tendrá más quebraderos de cabeza.

—Vamos a ver, ¿qué es lo que tengo que prometerte?

—Que a partir de mañana los niños podrán jugar siempre en la plaza mayor, y que dispondrán de carruseles, columpios, toboganes, pelotas y cometas.

—¿En la plaza mayor?

—En la plaza mayor.

—¿Y no quieres nada más?

—Nada más.

—Entonces, chócala. Prometido. ¿Cuándo empiezas?

—Inmediatamente, señor alcalde.

—Venga, no pierdas un minuto...

El extraño joven no perdió ni siquiera un segundo. Se metió una mano en el bolsillo y sacó una pequeña flauta, tallada en una rama de morera. Y para colmo, allí, en la oficina del alcalde, empezó a tocar una extraña melodía. Y salió tocando de la alcaldía, atravesó la plaza, se dirigió al río...

Al cabo de un momento...

—¡Mirad! ¿Qué hace aquel coche? ¡Se ha puesto en marcha solo!

—¡Y aquél también!

—¡Eh! ¡Si aquél es el mío! ¿Quién me está robando el coche? ¡Al ladrón! ¡Al ladrón!

—¿Pero no ve que no hay ningún ladrón? Todos los automóviles se han puesto en marcha...

—Cogen velocidad... Corren...

—¿Dónde irán?

—¡Mi coche! ¡Para, para! ¡Quiero mi coche!

—Intenta meterle un poquito de sal en la cola...

Los coches corrían desde todos los puntos de la ciudad, con un inaudito estruendo de motores, tubos de escape, bocinazos, sirenas, claxon... Corrían, corrían solos.

Pero si se prestaba atención, se habría oído bajo el estruendo, aún más fuerte, más resistente que él, el silbido sutil de la flauta, su extraña, extraña melodía...

PRIMER FINAL

Los automóviles corrían hacia el río.

El flautista, sin dejar nunca de tocar, les esperaba en el puente. Cuando llegó el primer coche —que por casualidad era precisamente el del alcalde— cambió un poco la melodía, añadiendo una nota más alta. Como si se tratara de una señal, el puente se derrumbó y el automóvil se zambulló en el río y la corriente lo llevó lejos. Y cayó el segundo, y también el tercero, y todos los automóviles, uno tras otro, de dos en dos, arracimados, se hundían con un último rugido del motor, un estertor de la bocina, y la corriente los arrastraba.

Los niños, triunfantes, descendían con sus pelotas por las calles de las que habían desaparecido los automóviles, las niñas con las muñecas en sus cochecitos desenterraban triciclos y bicicletas, las amas de cría paseaban sonriendo.

Pero la gente se echaba las manos a la cabeza, telefoneaba a los bomberos, protestaba a los guardias urbanos.

—¿Y dejan hacer a ese loco? Pero deténganlo, caramba, hagan callar a ese maldito flautista.

—Sumérjanle a él en el río, con su flauta...

—¡También el alcalde se ha vuelto loco! ¡Hacer destruir todos nuestros hermosos coches!

—¡Con lo que cuestan!

—¡Con lo cara que está la mantequilla!

—¡Abajo el alcalde! ¡Dimisión!

—¡Abajo el flautista!

—¡Quiero que me devuelvan mi coche!

Los más audaces se echaron encima del flautista pero se detuvieron antes de poder tocarle. En el aire, invisible, había una especie de muro que le protegía y los audaces golpeaban en vano contra aquel muro con manos y pies. El flautista esperó a que el último coche se hubiera sumergido en el río, luego se zambulló también él, alcanzó la otra orilla a nado, hizo una inclinación, se dio la vuelta y desapareció en el bosque.

SEGUNDO FINAL

Los automóviles corrieron hacia el río y se lanzaron uno detrás de otro con un último gemido del claxon. El último en zambullirse fue el coche del alcalde. Para entonces la plaza mayor ya estaba repleta de niños jugando y sus gritos festivos ocultaban los lamentos de los ciudadanos que habían visto cómo sus coches desaparecían a lo lejos, arrastrados por la corriente.

Por fin el flautista dejó de tocar, alzó los ojos y únicamente entonces vio a la amenazadora muchedumbre que marchaba hacia él, y al señor alcalde que caminaba al frente de la muchedumbre.

—¿Está contento, señor alcalde?

—¡Te voy a hacer saber lo que es estar contento! ¿Te parece bien lo que has hecho? ¿No sabes el
trabajo y el dinero que cuesta un automóvil? Bonita
forma de liberar la ciudad...

—Pero yo... pero usted...

—¿Qué tienes tú que decir? Ahora, si no quie-
res pasar el resto de tu vida en la cárcel, agarras la flauta y haces salir a los automóviles del río. Y ten en cuenta
que los quiero todos, desde el primero hasta el último.

—¡Bravo! ¡Bien! ¡Viva el señor alcalde!

El flautista obedeció. Obedeciendo al sonido de
su instrumento mágico los automóviles volvieron a la
orilla, corrieron por las calles y las plazas para ocupar
el lugar en el que se encontraban, echando a los niños,
a las pelotas, a los triciclos, a las amas de cría. Todo
volvió a estar como antes. El flautista se alejó lentamen-
te, lleno de tristeza, y nunca más se volvió a saber
de él.

TERCER FINAL

Los automóviles corrían, corrían... ¿Hacia el
río como los ratones de Hammelin? ¡Qué va! Corrían,
corrían... Y llegó un momento en el que no quedó ni
uno en la ciudad, ni siquiera uno en la plaza mayor,
vacía la calle, libres los paseos, desiertas las plazuelas.
¿Dónde habían desaparecido?

Aguzad el oído y los oiréis. Ahora corren bajo
tierra. Ese extraño joven ha excavado con su flauta
mágica calles subterráneas bajo las calles, y plazas bajo

las plazas. Por allí corren los coches. Se detienen para que suba su propietario y reemprenden la carrera. Ahora hay sitio para todos. Bajo tierra para los automóviles. Arriba para los ciudadanos que quieren pasear hablando del gobierno, de la Liga y de la luna, para los niños que quieren jugar, para las mujeres que van a hacer la compra.

—¡Qué estúpido —gritaba el alcalde lleno de entusiasmo—, que estúpido he sido por no habérseme ocurrido antes!

Además, al flautista le hicieron un monumento en aquella ciudad. No, dos. Uno en la plaza mayor y otro abajo, entre los coches que corren incansables por sus galerías.

La vuelta a la ciudad

Paolo era un chico muy activo. No podía estar sin hacer algo interesante o útil. Nunca se aburría porque la fantasía estaba siempre dispuesta a sugerirle un juego, un trabajo, una actividad. También era tenaz: una vez tomada una decisión, no retrocedía, no dejaba las cosas a la mitad. Un día que no tenía colegio y estaba solo en casa, hizo deprisa los deberes y extendió sobre la mesa un gran plano de su ciudad contemplando largo rato la maraña de calles y plazas, de avenidas y callejas, más apretadas en los barrios céntricos y más abiertas donde los arrabales periféricos se confundían con el campo.

Casi sin darse cuenta Paolo se encontró con el compás entre las manos y dibujó sobre aquella desordenada madeja de líneas y espacios un círculo exacto. ¿Qué extraña idea le estaba viniendo a la cabeza? Al fin y al cabo ¿por qué no intentarlo? Ya está, había tomado una decisión: dar la vuelta a la ciudad. Pero la vuelta exacta. Las calles giran en zig zag, cambiando a cada momento caprichosamente, abandonando un punto cardinal para seguir otro. Incluso las grandes carreteras de circunvalación están trazadas en círculo, por así decirlo, no están trazadas con compás. En cambio Paolo quería dar la vuelta a la ciudad caminando siempre por la circunferencia trazada por su compás, sin desviarse ni un paso de ese anillo, nítido como una hermosa idea.

Por casualidad el círculo pasaba justo por la calle en la que Paolo vivía con su familia. Se metió el plano en un bolsillo, en el otro se guardó un panecillo, por si acaso le entraba hambre y adelante...

Ya está en la calle. Paolo decide ir hacia la izquierda. El círculo del compás sigue la calle por un buen trecho, después la atraviesa, en un punto en el que no hay paso de peatones. Pero Paolo no desiste de su proyecto. El también, como el círculo, cruza la calle y se encuentra ante un portal. Desde allí la calle continúa recta. Pero el círculo sigue por su cuenta, abandonando la calle. Parece que pasa precisamente por ese grupo de casas y sale del otro lado, a una plazoleta. Paolo, tras echar una ojeada al plano, entra en el portal. No hay nadie. Adelante. Hay un patio. Se puede atravesar. ¿Y ahora? Ahora hay escaleras, pero Paolo no sabe si subir: llegaría al último piso, no podría salir al tejado y luego saltar de un tejado a otro... Una marca de lápiz trepa rápido por los tejados, pero los pies, sin alas, es muy distinto.

Por suerte en el rellano de la escalera hay un ventanuco. Un poco alto, a decir verdad, y no muy ancho. Paolo constata su plano: no cabe duda, para seguir el círculo hay que pasar por allí. No queda otra solución que trepar.

Cuando se agacha para lanzarse arriba, le coge de sorpresa una voz masculina a sus espaldas que le inmoviliza contra la pared, como a una araña asustada.

—Eh, chicuelo, ¿dónde vas? ¡Qué idea se te ha metido en la cabeza? Baja en seguida.

—¿Me dice a mí?

—Sí. Pero, dime, no serás un ladronzuelo... No, no me parece que tengas pinta de eso. ¿Entonces? ¿Quizá estás haciendo gimnasia?

—La verdad, señor... sólo quería pasar al otro patio.

—No tienes más que salir, dar la vuelta a la casa y entrar en el siguiente portal.

—No, no puedo...

—Ya entiendo: has jugado una mala pasada y tienes miedo de que te atrapen.

—No, le aseguro que no he hecho nada malo...

Paolo observa atentamente al señor que le ha
detenido al pie del ventanuco. Después de todo parece
una persona amable. Tiene un bastón, pero no lo em-
plea para amenazar. Se apoya en él sonriendo. Paolo
decide fiarse de él y le confía su proyecto...

—La vuelta a la ciudad —repite el señor—
¿siguiendo un círculo dibujado con un compás? ¿Eso
es lo que quieres hacer?

—Sí, señor.

—Hijo mío, pero eso no es posible. ¿Qué vas
a hacer si te encuentras ante una pared sin ventanas?

—La saltaré.

—¿Y si es demasiado alta para saltarla?

—Haré un hueco y pasaré por debajo.

—¿Y cuando llegues a la orilla del río? Mira,
en tu plano el círculo pasa por el río en su parte más
ancha y en esa parte no hay puentes.

—Pero sé nadar.

—Ya veo, ya veo. No eres un tipo que se rin-
da fácilmente ¿verdad?

—No.

—Se te ha metido en la cabeza un proyecto
tan preciso como el círculo de un compás... ¿Qué
quieres que te diga? ¡Inténtalo!

—Entonces, ¿me deja pasar por el ventanuco?

—Haré algo más, te ayudaré. Te hago una es-
calerilla con las manos. Pon el pie aquí arriba, ánimo... Pon atención a caer de pie...

—¡Muchas gracias, señor! Y ¡hasta la vista!

Y Paolo sigue, todo derecho. Bueno, no exactamente derecho: tiene que andar en círculo, sin sa-
lirse un ápice de la línea que ha dibujado en su plano.
Ahora se encuentra al pie de un monumento ecuestre.
Un caballo de bronce pisotea su pedestal de mármol.
Un héroe, del que Paolo ignora el nombre, sujeta las
riendas con la mano izquierda mientras con la dere-
cha señala a una lejana meta. Parece apuntar precisa-

mente la continuación del círculo de Paolo. ¿Qué hacer? ¿Pasar entre las patas del caballo? ¿Trepar por la cabeza del héroe? O sencillamente rodear el monumento...

PRIMER FINAL

Mientras reflexiona en la·forma de resolver el problema, Paolo tiene la sensación de que el héroe, desde lo alto de su caballo, ha ladeado la cabeza. No mucho, sólo lo suficiente para mirarle y guiñarle un ojo.

—Empiezo a ver visiones —murmura Paolo asustado. Pero el héroe de bronce insiste. Ahora, además, baja la mano que apuntaba fieramente a la meta y hace un gesto de invitación:

—Arriba —dice—, monta. En este caballo hay sitio para dos.

—Pero yo... verás...

—Venga, no me hagas perder la paciencia. ¿Crees que yo no sé cabalgar sobre un círculo perfecto, sin salirme por la tangente? Yo te llevaré a hacer tu viaje geométrico. Te lo mereces porque no has dejado que te desanimen los obstáculos.

—Gracias, se lo agradezco de verdad, pero...

—Uff, qué pesado te pones. Y también eres soberbio. No te gusta que te ayuden ¿eh?

—No es por eso...

—Entonces es sólo para perder el tiempo parloteando. Sube y vámonos. Me gustas porque sabes dar algo bello y ponerlo en práctica sin pensar en las dificultades. Rápido, el caballo se está despertando... Has llegado aquí justamente en el único día del año en el que, no sé por qué hechizo, nos está permitido hacer una galopada, como en los buenos viejos tiempos... ¿Te decides o no?

Paolo se decide. Se agarra a la mano del héroe. Ya está en la silla. Ya vuela... Allí está la ciudad, a sus pies. Y allí, dibujado sobre la ciudad, un círculo de oro, un perfecto camino resplandeciente, tan preciso como el dibujado por el compás.

SEGUNDO FINAL

Mientras reflexiona sobre la forma de resolver su problema, Paolo deja vagar la mirada por la plaza en la que se encuentra su monumento. El círculo del compás la atraviesa y entra desenvueltamente en una gran iglesia, coronada por una inmensa cúpula. El no necesita puertas. Pero ¿cómo hará Paolo para entrar en la iglesia por el punto justo, atravesando la pared que debe ser tan sólida como la de una fortaleza? Para no desviarse de la circunferencia tiene que trepar por la cúpula. Es un decir. Sin cuerdas ni clavos ni siquiera lo conseguiría el mejor de los alpinistas, el más hábil y osado de los escaladores. Hay que claudicar. Ha sido únicamente un hermoso sueño. Los caminos de la vida nunca son tan netos, precisos e ideales como las figuras geométricas.

Paolo echa una última ojeada al héroe que señala, inmóvil y severo, una meta lejana e inalcanzable. Después, con paso lento y desconsolado, vuelve a casa, siguiendo pasivamente el zigzagueo caprichoso e irracional de las calles de todos los días.

TERCER FINAL

Mientras reflexiona al pie del monumento, Paolo siente que le toca una manita más pequeña y cálida que la suya.

—Quiero ir a casa.

La vocecita insegura y temblorosa pertenece a un niño de unos tres años. Mira a Paolo con una mezcla de confianza y temor, de esperanza y desánimo. Sus ojos tienen muchas ganas de llorar.

—¿Dónde vives?

El niño señala a un punto vago del horizonte.

—Quiero ir con mi mamá.

—¿Dónde está tu mamá?

—Allí.

También este «allí» señala a un punto impreciso. Lo único que está claro es que el niño se ha perdido en la ciudad y no sabe encontrar el camino a casa. Su mano ha aferrado firmemente la de Paolo y no suelta la presa.

—¿Me llevas con mi mamá?

Paolo querría decirle que no puede, que tiene algo más importante que hacer, pero no se siente capaz de traicionar la confianza que le demuestra el pequeño. Pacienda respecto al círculo, el compás y la vuelta a la ciudad: otra vez será...

—Ven —dice Paolo—, vamos a buscar a tu mamá.

Cuando en Milán
llovieron sombreros

Una mañana, en Milán, el contable Bianchini iba al banco enviado por su empresa. Era un día precioso, no había ni siquiera un hilillo de niebla, hasta se veía el cielo, y en el cielo, además, el sol; algo increíble en el mes de noviembre. El contable Bianchini estaba contento y al andar con paso ligero canturreaba para sus adentros: «Pero qué día tan bonito, qué día tan bonito, qué día tan bonito, realmente bonito y bueno...»

Pero, de repente, se olvidó de cantar, se olvidó de andar y se quedó allí, con la boca abierta, mirando al aire, de tal forma que un transeúnte se le echó encima y le cantó las cuarenta:

—Eh, usted, ¿es que se dedica a ir por ahí contemplando las nubes? ¿Es que no puede mirar por dónde anda?

—Pero si no ando, estoy quieto... Mire.

—¿Mirar qué? Yo no puedo andar perdiendo el tiempo. ¿Mirar dónde? ¿Eh? ¿¡Oh!? ¡La Marimorena!

—Lo ve, ¿qué le parece?

—Pero eso son... son sombreros...

En efecto, del cielo azul caía una lluvia de sombreros. No un solo sombrero, que podía estar arrastrando el viento de un lado para otro. No sólo dos sombreros que podían haberse caído de un alféizar. Eran cien, mil, diez mil sombreros los que descendían del cielo ondeando. Sombreros de hombre, sombreros de mujer, sombreros con pluma, sombreros con flores, gorras de joquey, gorras de visera, kolbaks (1) de piel, boinas, chapelas, gorros de esquiar... Y después del contable Bianchini y de aquel otro señor, se pararon a mirar al aire muchos otros señores y señoras, también el chico del panadero, y el guardia que dirigía el tráfico en el cruce de la vía Manzoni y la vía Montenapoleone, también el tranviario del tranvía número dieciocho, y el del dieciséis e incluso el del uno... Los tranviarios bajaban del tranvía y miraban al aire y los pasajeros también descendían y todos decían algo:

—¡Qué maravilla!

—¡Parece imposible!

—Pero bueno, será para anunciar magdalenas.

—¿Qué tienen que ver las magdalenas con los sombreros?

—Entonces será para hacer propaganda del turrón.

—Y dale con el turrón. No piensa más que en cosas que llevarse a la boca. Los sombreros no son comestibles.

—Entonces, ¿son de verdad sombreros?

—No, mire, ¡son timbres de bicicleta! ¿Pero es que no ve usted también lo que son?

—Parecen sombreros. Pero, ¿serán sombreros para ponerse en la cabeza?

—Perdone, ¿dónde se coloca usted el sombrero, en la nariz?

Por lo demás, las discusiones cesaron rápidamente. Los sombreros estaban tocando tierra, en la acera, en la calle, sobre los techos de los automóviles, alguno entraba por las ventanillas del tranvía, otros volaban directamente a las tiendas. La gente los recogía, empezaba a probárselos.

—Este es demasiado ancho.

—Pruébese éste, contable Bianchini.

(1) Gorra de pelo que llevaban los cazadores de la guardia consular de Napoleón (*N. del T.*).

—Pero ése es de mujer.

—Pues se lo lleva a su mujer ¿no?

—¡Se disfraza!

—¡Exacto! Yo no voy al banco con un sombrero de mujer...

—Démelo a mí, ése le va bien a mi abuela...

—Pero también le vale a la hermana de mi cuñado.

—Este lo he cogido yo primero.

—No, primero yo.

Había gente que salía corriendo con tres, cuatro sombreros, uno para cada miembro de la familia. También llegó una monja corriendo; pedía gorras para los huerfanitos.

Y cuantos más recogía la gente, más caían del cielo.

Cubrían el suelo público, llenaban los balcones. Sombreros, sombreritos, gorras, gorritos, bombines, chisteras, chapeos, sombrerazos de cow-boy, sombreros de teja, de pagoda, con cinta, sin cinta...

El contable Bianchini ya tenía diecisiete entre los brazos y no se decidía a seguir su camino.

—No todos los días hay una lluvia de sombreros, hay que aprovecharlo, uno se aprovisiona para toda la vida, como a mi edad la cabeza ya no crece...

—Si acaso se hará más pequeña.

—¿Cómo más pequeña? ¿Qué pretende insinuar? ¿Que perderé la cabeza?

—Vamos, vamos, no se enfade, contable; cójase esta gorra militar...

Y los sombreros llovían, llovían... Uno cayó justo encima de la cabeza del guardia (que ya no dirigía el tráfico; total, los sombreros se iban donde querían): era una gorra de general y todos dijeron que era una buena señal y pronto ascenderían al guardia.

¿Y luego?

PRIMER FINAL

Unas horas después, en el aeropuerto de Francfort, aterrizaba un gigantesco avión de Alitalia que había dado la vuelta al mundo cargando toda clase de sombreros, destinados a ser expuestos al público en una Feria Internacional del Sombrero.

El alcalde había ido a recibir la preciosa carga. Una banda municipal entonó el himno *¡Oh, Tú, Sombrero Protector-de las cabezas de Valor!* con música del profesor Juan Sebastián Ludovico Bächlein. Como es natural, el himno se interrumpió a la mitad cuando se descubrió que los únicos sombreros transportados por el avión a Alemania eran los del comandante y los de los otros miembros de la tripulación...

Esto explica los motivos de la lluvia de sombreros acaecida en la capital lombarda, pero, lógicamente, la Feria Internacional tuvo que postergarse sin fecha establecida. El piloto que había dejado caer los sombreros sobre Milán por error, fue severamente amonestado y condenado a volar sin gorra durante seis meses.

SEGUNDO FINAL

Aquel día llovieron sombreros.
Al día siguiente llovieron paraguas.

Al otro cajas de bombones. Y después, sin interrupción, llovieron frigoríficos, lavadoras, tocadiscos, cubitos de caldo en paquetes de cien, corbatas, pasteles, pavos rellenos. Por último, llovieron árboles de Navidad cargados de toda clase de regalos. La ciudad estaba literalmente inundada por todas aquellas riquezas. Las casas rebosaban. Y los comerciantes se sintieron fatal, pues habían esperado ansiosamente las semanas de las fiestas para hacer buenos negocios.

TERCER FINAL

Llovieron sombreros hasta las cuatro de la tarde. A esa hora en la plaza de la catedral había una montaña más alta que el monumento. La entrada al atrio estaba bloqueada por una pared de sombreros de paja. A las cuatro y un minuto se levantó un gran viento. Los sombreros empezaron a rodar por las calles, cada vez a mayor velocidad, hasta que levantaron el vuelo, enredándose en los hilos de la red del tranvía.

—¡Se van! ¡Se van! —gritaba la gente.

—Pero, ¿por qué?

—A lo mejor ahora van a Roma.

—¿Y cómo lo sabe? ¿Se lo han dicho ellos?

—Pero qué a Roma, miren: vuelan hacia Como.

Los sombreros se elevaron sobre los tejados, como una inmensa bandada de golondrinas, y se fueron volando; nadie sabe en dónde acabaron porque no cayeron ni en Como ni en Busto Arsizio. Los sombreros

de Milán lanzaron un suspiro: aquel día no les llegaba
la camisa al cuerpo.

Alarma en el nacimiento

Una vez, cuando faltaba poco para Navidad, un niño hizo su Nacimiento. Preparó las montañas de cartón piedra, el cielo de papel de seda, el laguito de cristal, el portal con la estrella encima. Colocó las figuritas con fantasía, llevándolas una por una desde la caja en las que las guardó el año anterior. Y tras haberlas colocado en sus sitios —los pastores y las ovejas sobre el musgo, los Reyes Magos en la montaña, la vieja castañera junto al sendero— le parecieron pocas. Quedaban demasiados espacios vacíos. ¿Qué hacer? Era demasiado tarde para salir a comprar otras figuritas y, además, tampoco tenía tanto dinero...

Mientras miraba alrededor, a ver si se le ocurría una idea, le saltó a los ojos otra gran caja, aquélla en la que había metido a descansar, de pensionistas, algunos juguetes viejos: por ejemplo, un piel roja de plástico, último superviviente de toda una tribu que marchaba al asalto de Fort Apache..., un pequeño aeroplano sin timón, con el aviador sentado en la carlinga..., una muñequita un poco «hippy» con la guitarra en bandolera; había llegado a casa por casualidad, dentro de la caja de detergente para la lavadora. Naturalmente nunca había jugado con ella, los varones no juegan con muñecas. Pero, mirándola bien, era verdaderamente mona.

El niño la depositó en el sendero del Nacimiento, junto a la viejecita de las castañas. Cogió también al piel roja, con el hacha de guerra en la mano, colocándole al final del rebaño, junto a la cola de la última oveja. Por último, colgó de un hilo el aeroplano y su piloto, en un árbol de plástico bastante alto que en otros tiempos fue un árbol de Navidad, de esos que se compran en los grandes Almacenes, y les encontró también un sitio sobre la montaña, no muy lejos de los Reyes Magos y sus camellos. Contempló satisfecho su trabajo, después se fue a la cama y se durmió en seguida.

Entonces se despertaron todas las figuritas del Nacimiento. El primero que abrió los ojos fue uno de los pastores. Notó en seguida que en el Belén había algo nuevo y diferente. Una novedad que no le hacía demasiada gracia. En realidad no le hacía ninguna gracia.

—Eh, ¿pero quién es ese tipejo que sigue a mi rebaño con un hacha en la mano? ¿Quién eres? ¿Qué quieres? Márchate en seguida si no quieres que te eche encima a los perros.

—*Augh* —hizo el piel roja por toda respuesta.

—¿Cómo has dicho? Oye, habla claro, ¿entiendes? O mejor, no digas nada y vete con tu hocico rojo a otra parte.

—Yo quedarme —dijo el piel roja, *¡augh!*

—¿Y ese hacha? ¿Para qué la quieres? Anda, dímelo. ¿Es para acariciar a mis ovejas?

—Hacha ser para cortar leña. Noche fría, yo querer hacer fuego.

En ese momento también se despertó la castañera y vio a la chica con la guitarra en bandolera.

—Oye, muchacha, ¿qué clase de gaita es la tuya?

—No es una gaita, es una guitarra.

—No estoy ciega, veo muy bien que es una guitarra. ¿No sabes que sólo están permitidas las zambombas y las flautas?

—Pero mi guitarra tiene un sonido precioso. Escuche…

—Por caridad, para ya. ¿Estás loca? ¡Qué cosas! ¡Ah, la juventud de ahora! Escucha, lárgate antes de que te tire a la cara mis castañas. Y te advierto que queman, ya casi están asadas.

—Las castañas son ricas —dijo la chica.

—¿Encima te haces la graciosa? ¿Quieres quedarte con mis castañas? Entonces, además de una desvergonzada, eres también una ladrona. Ahora vas a ver... ¡Al ladrón! Quiero decir, ¡a la ladrona!

Pero no se oyó el grito de la viejecilla. El aviador había escogido precisamente ese momento para despertarse y poner en marcha el motor. Dio un par de vueltas sobre el Nacimiento, saludando a todos con la mano, y aterrizó junto al piel roja. Los pastores le rodearon amenazadoramente:

—¿Qué pretendes? ¿Asustar a las ovejas?

—¿Destruir el Belén con tus bombas?

—Pero si no llevo bombas —respondió el aviador—, este es un aparato de turismo. ¿Queréis dar una vuelta?

—Dátela tú, la vuelta: márchate bien lejos y no vuelvas a aparecer por aquí.

—Sí, sí —chilló la viejecita—, y que se marche también esta chica que quiere robarme las castañas...

—Abuelita —dijo la chica—, no diga mentiras. Si quiere vendérmelas, yo le pago sus castañas.

—¡Echadlas, a ella y a su maldita guitarra!

—Y tú también, hocico rojo —continuó el pastor de antes—, regresa a tus praderas: entre nosotros no queremos merodeadores.

—Ni merodeadores ni guitarras —añadió la vieja.

—Guitarra ser instrumento muy hermoso —dijo el piel roja.

—¿Lo habéis oído? ¡Están de acuerdo!

—Abuelita —dijo el aviador—, ¿pero por qué chilla de esa forma? Lo que debería hacer es decirle a la señorita que nos tocara algo. La música tranquiliza.

—Acabemos de una vez —dijo el jefe de los pastores—, u os marcháis los tres por las buenas o vais a oír otra música.

—Yo estar aquí. He dicho.

—Y yo también estar aquí —dijo la muchacha—, como mi amigo Toro Sentado. Y yo también he dicho.

—Pues y yo —dijo el aviador—, he venido de lejos, figúrense si me quiero marchar. Venga, chiquilla, adelante, a ver si tu guitarra calma a la compañía...

La chica no se lo hizo repetir y empezó a puntear las cuerdas...

PRIMER FINAL

Al primer acorde de la guitarra los pastores alzaron los bastones y silbaron a los perros.

—¡Fuera de aquí! ¡Fuera en seguida!

—¡Atrapa, Fido! ¡Muerde, Lupo!

—Vamos, muchachos: vamos a enviarles a su país.

—Mejor les mandamos a la...

El piel roja, sin retroceder un paso, agitó su hacha de guerra.

—Yo estar preparado —dijo—, ¡Augh!

Pero el aviador no pensaba igual.

—¡Vamos!, no merece la pena hacer una carnicería. Salta al aparato, muchacha. Y también tú,

Toro Sentado, ven aquí. El motor está en marcha. ¿Estamos todos? ¡Nos marchamos!

El pequeño aparato despegó del Nacimiento con un zumbido y empezó a revolotear por la habitación.

—¿Dónde vamos? —preguntó la chica, apretando la guitarra contra el pecho por miedo a que el viento del vuelo se la arrebatase.

—Conozco una caja magnífica donde se estaba muy tranquilo.

—También yo la conozco.

—Yo también saber. *¡Augh!*

—Entonces, *¡augh!* ¡A la caja! Ahí abajo está, todavía está abierta, menos mal. Nos divertiremos por nuestra cuenta, lejos de esos ignorantes.

—*¡Augh!* —dijo otra vez el piel roja. Pero no parecía satisfecho del todo.

SEGUNDO FINAL

Al primer acorde de la guitarra los pastores agitaron sus bastones amenazadoramente.

—Está bien, está bien —suspiró la chica—. No os gusta la guitarra. Ya veis, la hago pedazos. Pero, por favor, llamad a los perros antes de que me desgarren los pantalones.

—¡Muy bien, así se hace! —aprobó la viejecita de las castañas—. Ven, te daré unas castañas.

—Primero —dijo la chica— déme un poco de harina. Teñiremos de blanco a Toro Sentado, así los pastores ya no se pondrán nerviosos al mirarle.

—Buena idea —dijeron los pastores—. Pero ¿está hocico rojo de acuerdo?

—*Augh* —dijo el piel roja. Y se dejó teñir de blanco tranquilamente.

—¿Y el aeroplano? —preguntaron los pastores.

—¿Sabéis lo que vamos a hacer? —sugirió el aviador—. Le prenderemos fuego y así nos calentamos.

—También es una buena idea: además la noche es fría.

El fuego llevó por fin la paz al viejo Belén. Y los pastores bailaron la tarantella al son de sus flautas en torno al fuego.

TERCER FINAL

Al primer acorde de la guitarra los pastores hicieron ademán de lanzarse contra los tres recién llegados pero una voz autoritaria y severa les detuvo:

—¡Paz! ¡Paz!

—¿Quién ha hablado?

—Mirad, uno de los tres Reyes Magos ha abandonado la caravana y se acerca a nosotros. Majestad, ¡qué honor!

—Mi nombre es Gaspar, no Majestad. Majestad no es un nombre.

—Hola, Gaspar —dijo la chica de la guitarra.

—Buenas noches, hijita. He oído tu música. Bueno, no se oía gran cosa con todo ese barullo. Aunque he oído mejor música, la tuya no estaba mal.

—Gracias, Gaspar.

—¡*Augh!* —hizo el piel roja.

—Salud también a ti, Toro Sentado, o Aguila Negra, o Nube Estruendosa, o como quiera que te llames. Y buenas noches a ti, piloto. Y a vosotros, pastores, y a ti, abuelita. Me ha llegado el perfume de tus castañas.

—Esta chavala quería llevárselas...

—Vamos, vamos, te lo habrá parecido. No tiene aire de ladrona.

—¿Y este tipejo con el hacha? —gritaron los pastores—. Se nos presenta en el Nacimiento con ese hocico rojo.

—¿Habéis probado a preguntarle por qué ha llegado hasta aquí?

—No hace falta preguntárselo. Está clarísimo: quería hacer estragos...

—Yo escuchar mensaje —dijo el piel roja—. Paz a los hombres de buena voluntad. Yo ser hombre de buena voluntad.

—¿Habéis oído? —dijo entonces Gaspar—. El mensaje es para todos: para los blancos y para los cobrizos, para los que van a pie y para los que van en aeroplano, para el que toca la zambomba y para el que toca la guitarra. Si odiáis a los que son distintos a vosotros es que no habéis entendido nada del mensaje.

Un largo silencio siguió a estas palabras. Luego se oyó a la viejecilla que murmuraba: —Eh, muchachita, ¿te gustan las castañas? Anda, coge, no te las vendo, te las regalo... Y usted, piloto, ¿quiere? Y usted, Toro Volador, perdone, no he entendido bien su nombre ¿le gustan las castañas?

—*Augh* —dijo el piel roja.

El doctor Terríbilis

El doctor Terribilis y su ayudante, Famulus, trabajaban secretamente desde hacía tiempo en un invento espantoso. Terribilis, como seguramente su mismo nombre indica, era un científico diabólico, tan inteligente como malvado, que había puesto su extraordinaria inteligencia al servicio de proyectos verdaderamente terribles.

—Verás, querido Famulus: el supercrik atómico que estamos terminando será la sorpresa del siglo.

—No cabe duda, señor doctor. Ya estoy viendo cómo se quedarán nuestros estimados compatriotas cuando usted, con el supercrik, arranque la Torre de Pisa y la transporte a la cima del Monte Blanco.

—¿La Torre de Pisa? —rugió Terribilis—. ¿El Monte Blanco? Pero, Famulus, ¿quién te ha metido en la cabeza semejantes bobadas?

—La verdad, señor doctor, cuando proyectamos...

—¿*Proyectamos*, señor Famulus respetabilísimo? ¿*Nosotros*? Tú, personalmente, ¿qué has proyectado? ¿Qué has inventado tú? ¿El papel del chocolate? ¿El paraguas sin mango? ¿El agua caliente?

—Me retracto, doctor Terribilis —suspiró Famulus poniéndose humilde humilde—, cuando usted, y sólo usted, estaba proyectando el supercrik, me pareció oír aludir a la Torre de Pisa y a la cumbre más elevada de los Alpes...

—Sí, me acuerdo muy bien. Pero te lo decía por pura y simple precaución, mi excelente e insigne

Famulus. Conociendo tu costumbre de cotillear a diestra y siniestra, con el chico del panadero, con el empleado del lechero, con el portero, con la cuñada del primo del portero...

—¡No la conozco! Le juro, señor doctor, que no conozco en absoluto a la cuñada del primo del portero y le prometo que nunca haré nada por conocerla.

—De acuerdo, podemos eliminarla de nuestra conversación. Quería explicarte, amable y atolondrado Famulus, que no me fiaba de ti y te conté el cuento de la Torre de Pisa para ocultarte mi verdadero proyecto que tenía que permanecer secreto para todos.

—¿Hasta cuándo, señor profesor?

—Hasta ayer, curiosísimo Famulus. Pero hoy tienes derecho a conocerlo. Dentro de pocas horas estará listo el aparato. Partiremos esta misma noche.

—¿Partiremos, doctor Terribilis?

—A bordo, claro, de nuestro supercrik atómico.

—¿Y en qué dirección, si me está permitido?

—Dirección al espacio, oh Famulus mío, tan rico en interrogantes.

—¡El espacio!

—Y más concretamente, la Luna.

—¡La Luna!

—Veo que pasas de los signos interrogativos a los exclamativos. Así pues, fuera dilaciones y he aquí mi plan. Arrancaré la Luna con mi supercrik, la separaré de su órbita y la colocaré en un punto del universo de mi elección.

—¡Colosal!

—Desde allí arriba, estimado Famulus, trataremos con los terrestres.

—¡Excepcional!

—¿Queréis recuperar vuestra Luna? Pues bien, pagadla a su peso en oro, comprádsela a su nuevo propietario, el doctor profesor Terrible Terribilis.

—¡Extraordinario!

—Su peso en oro, ¿me comprendes, Famulus?
En oro.

—¡Superformidabilísimo!

—¿Y has captado la idea?

—Captada, profesor. La idea más genial del siglo Veinte.

—Espero que también la más malvada. He decidido pasar a la historia como el hombre más diabólico de todos los tiempos. Ahora, Famulus, manos a la obra...

En pocas horas dieron los últimos retoques. El supercrik atómico estaba preparado para entrar en actividad. Curioso aparato, en realidad se parecía al que utilizan los automovilistas para levantar su coche cuando tienen que cambiar una rueda pinchada. Sólo era un poco más grande. Pero tenía acoplada una cabina espacial en la que se habían dispuesto dos butacas. Sobre éstas, en el momento elegido por el doctor Terribilis para inciar su diabólica empresa, se acomodaron el inventor y su ayudante quien, a decir verdad, sólo trabajosamente conseguía ocultar un extraño temblor.

—¡Quieto, Famulus!

—Sssí... sseñoor... do-do-doctor...

—¡Y no balbucees!

—Nno-no se-señor do-do-doctor...

—Trágate esta píldora, te calmará al instante.

—Gracias, doctor Terribilis, ya estoy tranquilísimo.

—Estupendo. Cuenta al revés, Famulus...

—*Menos cinco... menos seis... menos siete...*

—¡He dicho al revés, Famulus! ¡Al revés!

—Ah, sí, lo siento mucho. *Menos cinco... menos cuatro... menos tres... menos uno...*

—*¡Adelante!*

PRIMER FINAL

Aquella noche no salió la Luna. Al principio la gente pensó que la tapaba alguna nube. Pero el cielo estaba sereno, la noche estrellada. Y la Luna, por decirlo con una expresión manida, solamente brillaba por su ausencia.

Los astrónomos fueron los que la encontraron, tras minuciosa búsqueda, pequeñísima a causa de la distancia, en la zona de la constelación de Escorpio.

—¡Mira dónde ha ido a colocarse! ¿Cómo lo habrá hecho?

En ese momento se oyó la voz del doctor Terribilis en todos los aparatos de radio de la Tierra.

—¡Atención, atención! Habla Terribilis. Terribilis llama a la Tierra. Como les será fácil constatar, me he apoderado de la Luna. Si quieren recuperarla tendrán que pagar su peso en oro. Los astrónomos saben su peso hasta el último gramo. Esperaré una respuesta veinticuatro horas. Si no aceptan mis condiciones haré explotar la Luna y no volverán a verla. ¿Han comprendido bien? ¡Nunca más! Atención, atención. Habla Terribilis...

Y para estar seguro de que le habían comprendido, el diabólico científico repitió su mensaje dos veces más. Pues para aquel hombre ingeniosísimo interferir simultáneamente los programas radiofónicos de todo el globo terráqueo era como una broma.

Para su desgracia, en la Tierra nadie se preocupó gran cosa por la desaparición de la Luna. En realidad los Estados Unidos, la Unión Soviética, Italia, Francia, China, el Japón y otras muchas potencias comenzaron inmediatamente a enviar al espacio una gran cantidad de lunas artificiales, cada una más luminosa que la otra. Incluso había demasiada luz y la gente protestaba porque no podía dormir.

El doctor Terribilis tuvo que quedarse con la vieja Luna y comerse las uñas de rabia.

SEGUNDO FINAL

La desaparición de la Luna levantó espanto y preocupación de un extremo a otro de la Tierra.

—¿Cómo vamos a contemplar el claro de luna si ya no hay Luna? —se decían los soñadores.

—Y yo que me iba a la cama con la luz de la Luna para ahorrar electricidad, ¿no tendré más remedio que encender la lámpara? —se preguntaba un avaro.

—¡Que nos devuelvan nuestra Luna! —clamaban los periódicos.

Un ratero empezó a ir por las casas diciendo que el comité le había encargado recoger el oro necesario para comprar la Luna. Muchos ingenuos le entregaron anillos, pendientes, collares y cadenas. Cuando consiguió reunir algunos decagramos de oro el ratero huyó a Venezuela y nadie volvió a saber de él.

Para suerte de la humanidad y de los amantes de la Luna, en aquel tiempo vivía en Omegna, junto al lago de Orta, un científico tan inteligente como el doctor Terribilis, pero no tan malvado, llamado Magneticus. Sin decir nada a nadie, fabricó en pocas horas un superimán atómico con el que atrajo a la Luna a su antigua órbita, a la distancia exacta de la Tierra. Terribilis puso en funcionamiento todas las espantosas energías de su supercrik en vano: contra el imán de Magneticus no había nada que hacer. Despechado, Terribilis emigró al planeta Júpiter.

La gente nunca supo quién ni cómo había reconquistado la Luna, sin batallar ni gastar una lira. A Magneticus no le interesaba la gloria y guardó su secreto. Además, él estaba ocupado con un invento importante: el de los botones que nunca se caen. Como es sabido, ha pasado después a la historia por este invento.

TERCER FINAL

Un silbido agudísimo siguió al «*adelante*» del doctor Terribilis y los vecinos lo confundieron con el ruido de una sirena. Unos momentos después el inventor y su ayudante se encontraban en las proximidades de la Luna y el supercrik, colocado en un pequeño cráter, se puso en funcionamiento.

—Formidable, señor doctor —se regocijaba Famulus, restregándose las manos—, supermonstruoso.

—¡Silencio! —gritó nerviosamente Terribilis.

—¡Silencio! —repitió poco después, a pesar de que Famulus no había vuelto a abrir la boca.

Cuando el doctor Terribilis gritó por tercera vez «¡Silencio!» hasta Famulus se dio cuenta de que algo no marchaba. El gran supercrik daba salida a toda su diabólica potencia inútilmente. La Luna no se apartaba ni un milímetro de su camino de siempre. Hay que aclarar que el doctor Terribilis, docto e ingeniosísimo en todos los campos, era más bien flojo en el cálculo de pesos y medidas del sistema métrico decimal. Al calcular el peso de la Luna había confundido la equivalencia para reducir las toneladas en quintales. El supercrik estaba fabricado para una luna diez veces más pequeña y ligera que la nuestra. El doctor Terribilis rugió de rabia, volvió a subir a la navecilla espacial y se sumió en el espacio, dejando al pobre Famulas solo y abandonado en el borde del cráter lunar, sin un vaso de agua, sin un caramelo para que se le pasara el susto.

Voces nocturnas

Si os acordáis de la antigua fábula de la princesa que no conseguía dormir porque había un guisante debajo del último colchón de la montaña de colchones sobre la que se había acostado, os parecerá más comprensible la historia de este viejo señor. Un viejo señor muy bueno, más bueno que cualquier otro señor viejo.

Una noche, cuando ya está en la cama y va a apagar la luz, oye algo, oye una voz que llora...

—Qué raro —dice—, me parece oír... ¿Habrá alguien en casa?

El viejo señor se levanta, se pone una bata, recorre el pequeño apartamento en el que vive completamente solo, enciende las luces, mira por todas partes...

—No, no hay nadie. Será donde los vecinos.

El viejo señor vuelve a la cama, pero al cabo de un rato oye otra vez aquella voz, una voz que llora.

—Me parece —dice— que viene de la calle. Seguramente que ahí abajo hay alguien llorando... Tendré que ir a ver.

El viejo señor vuelve a levantarse, se tapa lo mejor posible, pues la noche es fría, y baja a la calle.

—Vaya, parecía que era aquí, pero no hay nadie. Será en la calle de al lado.

Guiado por la voz que llora el viejo señor sigue y sigue, de una calle a otra, de una a otra plaza, recorre toda la ciudad y junto a la última casa de la última calle encuentra a un viejecito en un portal que se lamenta débilmente.

—¿Qué hace aquí? ¿Se siente mal?

El viejecito está tumbado sobre unos cuantos andrajos. Al oír que le llaman se asusta:

—¿Eh? ¿Quién es?... Ya entiendo. El dueño de la casa... Me marcho en seguida.

—¿Y dónde va a ir?

—¿Dónde? No sé dónde. No tengo casa, no tengo a nadie. Me había resguardado aquí... Esta noche hace frío. Tendría que ver lo que es dormir sobre un banco, en los parques, tapado con un par de periódicos. Es como para no volverse a despertar. Pero bueno, ¿y a usted qué le importa? Me voy, me voy...

—No, oiga, espere... No soy el dueño de la casa.

—Entonces, ¿qué quiere? ¿Un poco de sitio? Acomódese. Mantas no hay, pero sitio hay para los dos...

—Quería decir... En mi casa, si le parece, hace un poco más de calor. Tengo un diván...

—¿Un diván? ¿Al calor?

—Ale, venga, venga. ¿Y sabe lo que haremos? Antes de dormir nos haremos una buena taza de leche...

Van a casa juntos, el viejo señor y el viejecito sin casa. Al día siguiente el viejo señor acompaña al viejecito al hospital porque ha cogido una fea bronquitis de dormir en los parques y en los portales. Después regresa, ya de noche. El viejo señor está a punto de acostarse, pero vuelve a sentir una voz que llora...

—Vaya, otra vez —dice—. Es inútil que mire en casa, sé muy bien que no hay nadie. También es inútil que intente dormir: seguro que no lo conseguiré oyendo esas voces. ¡Ánimo! vamos a ver qué pasa.

Como la noche anterior, el viejo señor sale y camina, y camina, guiado por la voz que llora que, esta vez, parece venir de muy lejos. Anda y anda y atraviesa toda la ciudad. Sigue y sigue y le sucede

algo muy extraño porque se encuentra andando por una ciudad que no es la suya, y después en otra. Continúa y continúa, cada vez más lejos. Atraviesa toda la región. Llega a un pueblecito en lo alto de una montaña. Allí hay una pobre mujer que llora porque tiene un niño enfermo y a nadie que vaya a buscarle un médico.

—No puedo dejar al niño solo, no puedo sacarle con esta nieve...

Hay nieve por todas partes. La noche parece un desierto blanco.

—Animo, ánimo —dice el viejo señor—, explíqueme dónde vive el médico, iré a buscarle, le traeré yo mismo. Mientras tanto, lávele la frente al niño con un paño húmedo, le refrescará, a lo mejor podrá descansar.

El viejo señor hace todo lo que tiene que hacer. Y héle de nuevo en su habitación. Ya es la noche siguiente. Como de costumbre, cuando está a punto de dormirse, una voz se introduce en su sueño, una voz que llora y parece estar allí junto a la almohada. Ni oír hablar de dejarla llorar. Con un suspiro, el viejo señor vuelve a vestirse, sale de casa y anda y anda. Y le sucede la acostumbrada cosa extraña, muy extraña. Porque esta vez atraviesa toda Italia, cruza también el mar, y se encuentra en un país donde hay guerra, y hay una familia que se desespera porque una bomba le ha destruido la casa.

—Valor, valor —dice el viejo señor. Y les ayuda como puede. No puede solucionarlo todo, como es natural. Pero al fin dejan de llorar y él puede volver a casa. Ya se ha hecho de día, no es cosa de meterse en la cama.

—Esta noche —dice el viejo señor— me iré a descansar un poco antes.

Pero siempre hay una voz que llora. Siempre hay alguien que llora, en Europa, o en Africa, en Asia o en América. Siempre hay una voz que llega por la noche a la casa del viejo señor, junto a su almohada, y no le deja dormir. Siempre así, noche tras noche. Siempre siguiendo a una voz lejana. Puede venir del otro lado del mundo, pero él la oye. La oye y no consigue dormir...

PRIMER FINAL

Aquel viejo señor era bueno, muy bueno. Pero de no dormir nunca, empezó a ponerse nervioso, muy nervioso.

—Si al menos pudiera —suspiraba— dormir una noche sí y otra no. A fin de cuentas yo no soy el único en el mundo. No es posible que nadie sienta nunca esas voces, que a nadie se le ocurra levantarse para ir a ver.

Algunas noches, en cuanto sentía las voces, intentaba resistir:

—Esta vez no me levanto, estoy acatarrado y me duele la espalda, nadie podrá echarme en cara que soy un egoísta.

Pero la voz insistía, insistía tanto que el viejo señor no tenía más remedio que levantarse.

Cada vez estaba más cansado. Cada vez más nervioso.

Por último se acostumbró a meterse dos tapones en los oídos antes de acostarse. Así no sentía las voces y se dormía.

—Lo haré sólo durante un tiempo —decía—, sólo para descansar un poco. Será como tomarse unas pequeñas vacaciones...

Se puso los tapones un mes seguido.

Una noche no se los colocó. Tendió la oreja. Ya no oía nada. Se quedó despierto la mitad de la noche, escuchando: ni voces, ni llantos, únicamente algún perro que ladraba a lo lejos.

—O nadie llora —concluyó— o me he quedado sordo. Paciencia, mejor es así.

SEGUNDO FINAL

El viejo señor siguió de aquella manera durante noches y noches, durante años y años, levantándose siempre, hiciera el tiempo que hiciera, y corriendo de un extremo a otro de la Tierra para ayudar a alguien. Apenas dormía algunas horas, después de comer, sin ni siquiera desnudarse, en una poltrona más vieja que él.

Los vecinos empezaron a desconfiar.

—¿Dónde va todas las noches?

—Va a corretear. Es un vagabundo, ¿todavía no os habéis dado cuenta?

—A lo mejor es un ladrón...

—¿Un ladrón, eh? ¡Es verdad! ¡Eso explica el misterio!

—Habrá que vigilarle.

Una noche hubo un robo en aquel edificio. Los vecinos le echaron la culpa al viejo señor. Registraron su casa y tiraron todo por los aires. El viejo señor protestaba con todas sus fuerzas:

—¡Soy inocente! ¡Soy inocente!

—¿Ah, sí? Entonces, díganos, ¿dónde estaba la noche pasada?

—Estaba... ah, ya... estaba en Argentina, un campesino no conseguía encontrar su vaca y...

—¡Escuchad qué descarado! ¡En Argentina! ¡Cazando vacas!

En fin, el viejo señor terminó en la cárcel. Y estaba desesperado porque todas las noches oía una voz que lloraba y no podía salir de su celda para ir en busca de quien le necesitaba.

TERCER FINAL

Por ahora no hay tercer final.

Podría ser éste: que una noche, en toda la Tierra no haya ni siquiera un hombre que llore, ni tampoco un niño... y a la noche siguiente lo mismo... y así todas las noches. Nadie llora, nadie es infeliz.

Quizá esto sea posible algún día. El viejo señor es demasiado viejo para vivir hasta aquel día. Pero continúa levantándose, porque lo que se hace debe hacerse siempre, sin perder la esperanza nunca.

Mago Giró

Había una vez un pobre mago que se llamaba Giró. Parece un contrasentido: en los cuentos no encajan juntas la palabra *mago* y la palabra *pobre*. Pero aquel mago, a pesar de ser un auténtico mago, era muy pobre porque hacía algún tiempo que no tenía clientes.

—¿Será posible —se desesperaba— que ya no haya nadie que me necesite? Hubo un tiempo en el que tenía tantos clientes que no alcanzaba a atender a todos. Unos venían por una magia, otros por otra. Y yo, no lo digo por presumir, de magia sé mucho... Voy a irme a dar una vuelta por el mundo a ver qué ha pasado. Si ha aparecido un mago mejor que yo, quiero conocerle.

Dicho y hecho, el mago empaquetó sus cosas más preciadas —la varita mágica, el libro de los encantamientos, dos o tres polvillos milagrosos— y se puso en camino.

Andando y andando, al caer la noche llega ante una casita. Llama. *Toc toc.*

—¿Quién es?

—Amigos, señora, amigos.

—Oh, muy bien, entonces entre. Vienen tan pocos amigos a verme. Acomódese. ¿Necesita algo?

—¿Yo? No, señora, no necesito nada; a lo mejor es usted quien me necesita a mí. Sabe, soy un mago, me llamo Mago Giró.

—¿Un mago? ¡Qué maravilla!

—Un mago, sí. ¿Ve esta varita? No lo parece, pero es una varita mágica: si digo dos palabritas, dos palabritas que sólo conozco yo, descenderá una estrella a iluminar su casa...

En este momento la señora lanzó un gritito:

—Uy, a propósito de luz, voy a encender. Estaba aquí sola con mis pensamientos y ni siquiera me había dado cuenta de que estaba oscureciendo. Perdóneme. ¡Ya está! ¿Qué me decía a propósito de luz?

Pero el mago estaba demasiado estupefacto para poder continuar la conversación. Miraba la lámpara boquiabierto, como si se la quisiera tragar.

—Pero..., señora, ¿cómo lo ha hecho?

—¿Cómo lo he hecho? He apretado el interruptor y la lámpara se ha encendido ¿no? Una gran cosa la electricidad.

Mago Giró registró en su mente esta palabra nueva: «la electricidad; ésta debe ser la maga que me hace la competencia».

Después se armó de valor y continuó:

—Pues, señora, le estaba diciendo que soy un mago y sé hacer una infinidad de magias. Por ejemplo, metiendo un poco de este polvito en un vaso, puedo hacerle oír la voz de una persona lejana.

—Uy —gritó de nuevo la señora—. Me ha hecho recordar que tengo que telefonear al fontanero. Me perdona un momento ¿verdad? Aquí está el número. ¿Oiga? ¿Es el fontanero? Menos mal que le encuentro. ¿Puede pasar mañana por la mañana por mi casa para arreglarme la lavadora? Gracias. No deje de hacerlo. Gracias, buenas noches. Ya está.

Mago Giró tuvo que tragar dos o tres veces antes de recuperar la palabra.

—Señora, ¿con quién hablaba?

—Con el fontanero, ¿no lo ha oído? Es una gran comodidad el teléfono...

El mago también registró en su cerebro esta palabra: «Otro mago del que nunca había oído hablar. Qué barbaridad, cuánta competencia...».

Luego dijo:

—Escuche, señora, si necesita ver a alguna persona lejana como si estuviera aquí, en esta habitación, no se ande con rodeos: llevo otros polvos mágicos mediante los cuales...

—¡Cielos! —chilló la señora interrumpiéndole—. Hoy estoy francamente distraída. Me había olvidado de encender el televisor para ver el concurso de esquí. ¿Sabe que mi hijo es campeón en descenso. Voy a encender en seguida, a lo mejor todavía llegamos a tiempo... Pues sí, vaya suerte, es aquél de allí, aquél es mi hijo, el que recibe todos esos apretones de mano. Se ve que ha vuelto a ganar. ¿Ve qué guapo es? Y pensar que casi me pierdo la transmisión. Menos mal que me lo ha recordado. ¿Sabe que es verdaderamente un mago?

—Sí, señora, ya se lo he dicho, Mago Giró.

—Ah —exclamó la señora sin escucharle—, qué gran cosa la televisión.

El pobre mago se hizo repetir dos veces la palabra para estar seguro de que su cerebro registraba sin errores. Mientras tanto reflexionaba: «Otra maga de la competencia. Ahora empiezo a comprender por qué el trabajo es tan escaso; con todos estos magos en circulación...».

Luego, pacientemente, volvió a ofrecer sus servicios:

—Entonces, escuche, señora, como le iba diciendo, soy un gran, un famosísimo mago. He entrado para ver si podía serle útil en algo. Mire, eche una ojeada, este es el libro de los encantamientos y de los conjuros, esta la varita mágica...

PRIMER FINAL

No es necesario decir que Mago Giró no cerró ningún negocio aquel día. El mundo había cambiado demasiado desde los tiempos en que lo recorría regularmente, como viajante de comercio especializado en magia. Tras la lámpara, el teléfono y el televisor, el pobre mago descubrió cien maravillas más que en otros tiempos habrían dado trabajo a mil magos y, en cambio ahora, las tenía en casa la gente normal y las dirigía oprimiendo un botón.

El mago decidió informarse mejor sobre las cosas del mundo, para lo que compró un montón de periódicos. Así descubrió que la competencia aún no había llegado a muchas partes del planeta. Todavía quedaban lugares sin luz eléctrica, sin teléfono, sin comodidades, habitados por pobre gente que no tenía dinero para comprarse las magias modernas.

«Estupendo —pensó el mago frotándose las manos, de las que inmediatamente brotaron un sinfín de chispas—. Iré a esos países, allá aún tengo mucho que hacer, allí aún debe sentirse respeto por los buenos viejos magos de otro tiempo.»

SEGUNDO FINAL

El mago, al oír a la vieja señora y observar su casa y las máquinas que tenía, se dio cuenta de que en el mundo moderno ya no había lugar para los antiguos encantamientos.

—Los hombres se han hecho unos vivos —se decía— y han inventado toda clase de tretas en las que los magos ni siquiera habíamos pensado. Querido Giró, hay que adaptarse. Es necesario ponerse al día, como se dice ahora. Dicho de otra manera: o cambias de profesión o se te avecina una vejez difícil.

Como no era tonto, Mago Giró trazó su plan en dos o tres días de exploración y reflexión. Alquiló un gran local, se puso a vender aparatos electrodomésticos, incluso a plazos, y en poco tiempo se convirtió en un rico negociante, se compró un coche, un chalecito y, en el Lago Maggiore, un barco de vela y los domingos salía de paseo por el lago. Si no hacía viento no se preocupaba: hinchaba la vela mediante una pequeña magia y en pocos minutos iba de Stresa a Canobio. Nunca puso motor, para ahorrar el dinero de la gasolina.

TERCER FINAL

¡Qué lección la de aquel día para Mago Giró! Si hubiera sido un tonto se habría desanimado. Pero no era tonto. Comprendió que las maravillas descubiertas en casa de aquella señora no eran obras de magia sino descubrimientos científicos. Y como tenía también mucha imaginación, se dijo:

—Mira las cosas que han inventado los hombres sin la varita mágica, sólo con el cerebro y el trabajo de sus manos. Pero a saber cuántas se podrán inventar todavía. Voy a presentar mi dimisión como mago, convertirme en un hombre corriente y estudiar para descubrir algo nuevo.

Para presentar la dimisión de mago no fue ni siquiera necesario que escribiese una carta a la sociedad de magos. Bastó con que tirara a la primera cuneta de la carretera el hatillo con sus chirimbolos encantados, ya inútiles. Después se encaminó hacia su nueva vida más ligero y contento.

La aventura de Rinaldo

Rinaldo se cayó un día de la bicicleta y volvió a casa con un enorme chichón en la frente. La tía con la que vivía (sus padres habían emigrado a Alemania en busca de trabajo) se asustó muchísimo. Era justamente de esas tías que se asustan por todo.

—Rinaldo, mi pequeño, ¿qué te ha pasado?

—Nada malo, tía Rosa. Me caí de la bicicleta, eso es todo.

—¡Dios mío, qué horror!

—Pero si ni siquiera viste cómo me caía...

—¡Precisamente por eso!

—La próxima vez te aviso antes de caerme.

—¡Rinaldo, no bromees con estas cosas! Mejor dime por qué has traído a casa la bicicleta.

—¿A casa? Qué va, la he dejado en el portal, como siempre.

—¿Entonces de quién es aquella bicicleta?

Rinaldo se volvió siguiendo el índice de su tía y vio una bicicleta roja apoyada en las paredes de la cocina.

—¿Aquella? No es mía, tía Rosa. La mía es verde.

—Claro, es verde. ¿Entonces? ¿No habrá entrado sola?

—Sí. ¿Habrán sido los fantasmas?

—¡Rinaldo, por favor, no menciones a los fantasmas!

—Además es una bicicleta muy bonita.

La tía Rosa lanzó un grito.

—¿Qué pasa, tía?

—Mira, ¡hay otra bicicleta!

—¡Es verdad! También es bonita.

La señora Rosa se retorcía las manos, más asustada que nunca.

—Pero, ¿de dónde salen todas estas bicicletas?

—Bah —dijo Rinaldo—, es un buen misterio. ¿No habrá también una bicicleta en el dormitorio? Pues sí que la hay, mira, tía Rosa. Con ésta hacen tres. Si esto continúa, dentro de poco tendremos la casa llena de bicicletas...

Rinaldo tuvo que taparse las orejas ante un nuevo grito de la tía. El caso es que apenas terminó de pronunciar la palabra «bicicleta» la casa se llenó verdaderamente de bicicletas. Sólo en el baño había doce, como pudo comprobar la tía Rosa, al lanzar una aterrorizada mirada: dos estaban en la bañera.

—Basta, Rinaldo —suspiró la pobre mujer dejándose caer en una silla—, basta, no puedo más.

—¿Cómo que basta? ¿Qué pinto yo? No soy yo el que las fabrico. Figúrate, ni siquiera sé hacer un triciclo...

¡Driin! ¡Driin!

Sobre la mesa apareció un precioso triciclo, tan nuevo que todavía tenía las ruedas envueltas en el papel de embalaje: pero el timbre vibraba alegremente, como diciendo: «¡También estoy yo!»

—¡Rinaldo, por favor!

—Tía Rosa, no creerás de verdad que lo que está pasando es por culpa mía.

—Desde luego, hijito. Quiero decir, no lo creo, Rinaldo. Pero lo mismo te ruego que seas prudente: no pronuncies más ni la palabra bicicleta ni la palabra triciclo.

Rinaldo se echó a reír.

—Si es sólo eso, puedo hablar de otra cosa. ¿Quieres que hablemos de despertadores o de sandías frescas? ¿De pudings o de botas de agua?

La tía se desmayó. Al tiempo que aquellos nombres salían de la boca de Rinaldo, la casa se poblaba de despertadores, sandías, pudings y botas de agua. Aquellos extravagantes e increíbles objetos surgían de la nada, como fantasmas.

—¡Tía! ¡Tía Rosa!

—¿Eh? ¿Qué pasa? ¡Ah! —dijo la mujer volviendo en sí—. Rinaldo, sobrino mío, hijo mío, por caridad, siéntate allí y quédate callado. ¿Quieres a tu tía? Siéntate y no te muevas. Voy a llamar al profesor De Magistris, él nos dirá qué hacer.

Este profesor De Magistris era un profesor que vivía al otro lado del patio de la pensión. Cuando la tía Rosa tenía algún problema corría al señor De Magistris que nunca se hacía de rogar para escucharla y prestarle ayuda. Sólo los viejos saben ser así de generosos y pacientes. Esta vez el profesor tampoco se hizo de rogar.

—Hola, jovencito, ¿qué pasa?

—Buenas tardes, profesor. No lo sé muy bien. Parece que en esta casa hay...

Pero antes de que pudiera pronunciar la palabra «espíritus» la tía Rosa le puso una mano en la boca.

—¡No! Rinaldo. ¡Esa palabra no! ¡Todo, pero no los espíritus!

—Señora —intervino el profesor De Magistris—, explíquemelo al detalle, no entiendo.

—¿Pero qué hay que entender? Se ha caído de la bicicleta y se ha golpeado la cabeza. Y ahora, cada vez que dice una palabra, aquello, o sea la palabra...

—Mire, profesor —dijo Rinaldo—, yo digo: gato.

Miau, hizo el gato materializándose sobre una silla junto a la estufa.

—¡Hep! —dijo el profesor—. ¡Hum! Comprendo.

—¿Ha visto qué cosa? Y sus padres en Alemania. Una enfermedad similar...

—¡Pero qué enfermedad! —protestó Rinaldo—. A mí me parece muy cómodo. Si me apetece un helado de pistacho...

¡*Proff*!

Ahí está el helado dispuesto en una copa de cristal.

—Me parece estupendo —comentó el profesor—. Pero, ¿dónde está la cucharilla?

—Cucharilla —dijo Rinaldo—. Mejor, otro helado y otra cucharilla, así tendremos uno para cada uno. ¿Quieres también un helado, tía?

Pero la tía Rosa no contestó: se había desmayado por segunda vez.

PRIMER FINAL

El profesor De Magistris, tras vaciar concienzudamente su copa de helado, volvió a tomar las riendas de la discusión.

—Así que —dijo— nuestro Rinaldo, no importa de qué manera, quizá después de caerse de la bicicleta, ha adquirido un extraordinario superpoder que le permite crear cualquier objeto con sólo pronunciar su nombre.

—¡Cielos! —dijo la señora Rosa.

—Sí, señora —aseveró el profesor—, ahora cielo y paraíso para ustedes.

—¿Y por qué?

—¿Por qué? Pues muy sencillo. Rinaldo dirá: un millón y serán millonarios. Dirá: chalet con piscina, y todo estará dispuesto para zambullirse. Dirá: coche con chófer, y podrán partir. Sus padres ya no necesitarán irse a trabajar al extranjero. Y a lo mejor Rinaldo también se acordará de su viejo amigo el profesor y dirá... Espera; espera, no digas nada... Perro, eso es lo que tiene que decir. Un buen ratonero, ni muy joven ni muy viejo... Será mi amigo. Saben, no me gusta estar siempre solo en casa...

—¡Ratonero así y asao! —dijo Rinaldo.

Y el ratonero ladró festivamente, al tiempo que trepaba por los pantalones del profesor De Magistris, que tenía lágrimas de gratitud en los ojos.

SEGUNDO FINAL

Para abreviar, el profesor De Magistris explicó de qué se trataba.

—Y sobre todo —dijo—, ni una palabra a nadie. La vida de Rinaldo está en peligro.

—¡Misericordia! ¿Y por qué?

—El porqué está claro: el superpoder que tiene puede ser fuente de incalculables riquezas. Si se supiera por ahí, a saber cuántos maleantes intentarían apoderarse de Rinaldo para aprovecharse de su don.

—¡Misericordia y otra vez misericordia!

Tía y sobrino juraron no abrir la boca.

—Mañana —dijo el profesor despidiéndose— decidiremos lo que hay que hacer.

—Mañana.

Pero hay que decir que aquel De Magistris llevaba una doble vida: de día era un profesor de pensión, de noche el jefe de una banda de ladrones que desvalijaba bancos en toda Europa. De Magistris telefoneó a sus hombres, hizo raptar a Rinaldo, le obligó a decir la palabra «oro» hasta que llenó diez autotrenes con remolque. Luego se montó en el primer autotren, hizo sonar el claxon y andando. Nadie ha vuelto a verle. Pero mientras tanto Rinaldo se había cansado tanto repitiendo la palabra «oro» que se quedó sin voz. Cuando la recuperó, había perdido el don. Pero la tía Rosa pudo ganar algo vendiendo todas aquellas bicicletas, despertadores, sandías, etc.

TERCER FINAL

Cuando terminó de comer el helado, Rinaldo pidió otro. Pero lo hizo tan deprisa que el helado, en vez de caer suavemente sobre la mesa, le cayó en la cabeza. Nada de particular, si sólo se hubiera tratado del helado. Pero estaba la copa de cristal. Esta golpeó justamente en el chichón que se hizo Rinaldo al caerse de la bicicleta. Y el golpe fue fatal. A partir de aquel momento fue inútil que Rinaldo se desgañitara nombrando objetos: no volvió a aparecer nada, ni un coche ni una patata hervida.

El anillo del pastor

Había una vez un pastor que apacentaba su rebaño en los campos que rodean a Roma. Por la noche, retiraba las ovejas al redil, comía un poco de pan y queso, se tendía sobre la paja y dormía. De día, siempre fuera con las ovejas y el perro, con sol o tramontana, agua o viento. Lejos de casa durante meses y meses, siempre solo. Es dura la vida del pastor.

Una noche, cuando se iba a acostar, oyó una voz que le llamaba.

—¡Pastor! ¡Pastor!

—¿Quién es? ¿Quién me llama?

—Amigos, pastor, amigos.

—La verdad es que, aparte de mi perro, no tengo muchos amigos. ¿Quién es usted?

—Sólo un caminante, pastor. He andado durante todo el día y tengo que caminar todo el de mañana. Yo no tengo dinero para trenes. Me he quedado sin cena y sin provisiones. He pensado que a lo mejor tú...

—Entre y siéntese. No tengo más que pan y queso. La leche no falta para beber. Si se da por contento, sírvase.

—Gracias, eres muy generoso. Buen queso este. ¿Lo has hecho tú?

—Con mis propias manos. El pan es un poco viejo, hasta mañana no me lo traerán fresco. Si fuese ya mañana por la noche...

—No te preocupes, este pan también es excelente. Cuando se tiene hambre es mejor el pan pasado hoy que el fresco mañana.

—Veo que está al tanto de los problemas del estómago.

El caminante comió y bebió. Luego el pastor le cedió la mitad de su paja para que pudiera descansar. Por la mañana se levantaron juntos, con las primeras luces del alba.

—Gracias una vez más, pastor.

—Anda que, por un poco de paja...

—He dormido mejor que en una cama con doce colchones.

—Veo que también entiende de camas duras.

—He dormido tan bien —siguió el caminante— que quiero dejarte un pequeño recuerdo.

—¿Un recuerdo? Pero... pero si es un anillo...

—Vamos, sólo es un anillito de hierro, sin ningún valor. Un recuerdito como te he dicho. Pero procura no perderlo.

—No lo perderé.

—Podría serte útil.

—Si usted lo dice...

Se saludaron. El pastor se guardó el anillo en el bolsillo y se olvidó de él. Aquella noche llegaron dos bandidos a su redil, armados hasta los dientes.

—Mata a un cordero —ordenaron al pastor— y ásalo al espetón.

Con tipos de esa calaña no quedaba más remedio que obedecer.

—Sal, ni poca ni mucha.

El pastor saló la carne sin respirar.

Menos mal que la cena pareció de su gusto. Incluso, aquel de los bandidos que hablaba y daba órdenes y tenía todo el aire de un jefe, en determinado momento dijo:

—No sé lo que vales como pastor, pero como cocinero estás en forma.

—Bah, se hace lo que se puede...

—Exacto. ¿Qué podías hacer? Cocinar. Y has cocinado. ¿Y nosotros qué podemos hacer? Comer. Y estamos comiendo. El resto vendrá después.

—¿El resto? No comprendo.

—Comprenderás, pastor, comprenderás. Tu desgracia es habernos visto la cara.

—No me parece una gran desgracia —dijo el pastor, como diciendo: «Bueno, no os menosprecieis de esa forma, tampoco sois tan feos». Pero el bandido le explicó de qué desgracia se trataba.

—Querido mío, si vuelves al pueblo y hablas de nosotros, las cosas podrían ponerse mal, ¿no te parece? Puedes describirnos a los guardias: uno es viejo y ciego de un ojo, el otro es más joven y tiene una verruga en la nariz...

—Pero no tiene ninguna verruga en la nariz.

—Lo decía por decir. El hecho es que ahora eres un peligro para nosotros. Pero no te preocupes, te haremos una hermosa tumba, y hasta te plantaremos florecitas...

—¿Una tumba? Pero... ¿qué quieren hacerme?

—Hijito, no querrás que te metamos vivo en la tumba ¿no?

—¡Quieren matarme!

—Pastor, eres verdaderamente duro de mollera. No queda más remedio. Pero será cuestión de un minuto, un minutito. Cuesta menos morir que trabajar. Será cosa de... ¡Eh, pastor... Eh, digo! ¿Dónde te has metido? ¡Pastor! Adelante, socio: tú búscalo por aquel lado y yo le buscaré por aquí. Pastor, sal, era una broma. Nadie quiere matarte. Venga, deja ya de jugar al escondite... ¡Pastor!

¿Qué es lo que había pasado? Lo que había pasado es que mientras escuchaba las amenazas de los bandidos, el pastor se metió la mano en el bolsillo y había tocado el anillito de hierro distraídamente. En ese mismo instante se hizo invisible. Estaba allí, sentado junto al fuego, y los bandidos no podían verle.

Le buscaban, le llamaban, con las armas empuñadas, dispuestos a matarle. Y él no se había movido. Le daba demasiado miedo hacer un solo movimiento. Tenía miedo hasta de respirar.

PRIMER FINAL

Por fin los bandidos se cansaron de buscar al pastor y se prepararon para regresar a los montes de Tolfa, donde tenían su guarida. El pastor, dejando el rebaño al perro, seguro de que lo guardaría bien, les siguió procurando no hacer ruido. A veces una hoja seca crujía bajo sus zapatos, o un guijarro saltaba sobre el sendero. Los bandidos se detenían, miraban alarmados alrededor, pero no veían nada ni a nadie y reemprendían el camino suspirando.

—Qué raro —refunfuñaba el jefe—, tengo continuamente la impresión de que alguien nos sigue.

El otro bandido decía que sí con la cabeza.

—Pero no hay nadie —añadía el jefe.

Y el otro bandido, con la cabeza, decía que no. Su regla era no contradecir nunca al jefe.

El pastor les siguió al bosque, les siguió al monte, hasta la caverna donde les esperaba el resto de la banda. Escuchó lo que decían en medio de ellos, que casi le tocaban; pero si una mano o un brazo le caían muy cerca se echaba a un lado enseguida. A una hora determinada los bandidos se levantaron, cogieron las armas y se marcharon todos a asaltar un tren. Al quedarse sólo, el pastor inspeccionó la caverna, levantó todas las piedras, miró bajo los jergones y por fin, en una trampilla oculta por una piel de lobo, encontró lo que buscaba: su tesoro, el fruto de sus rapiñas, oro, joyas y dinero en gran cantidad. Llenó la alforja y luego también la capa, extendiéndola en el suelo. Al volver, andaba encorvado debido al enorme peso. Pero no vayais a creer que volvía al redil, con las ovejas y el perro. ¿Para qué quería un solo rebaño, ahora que era rico y si quería podía comprarse cien? Tomó el camino de la ciudad, eso es. Y al tiempo que andaba canturreaba para sus adentros: «Roma bella, llega a ti un pastorcillo más rico que un rey.»

SEGUNDO FINAL

Cuando se marcharon los bandidos, cansados de buscarle sin resultado, el pastor besó el anillo que le había salvado y en ese instante, gracias al beso, volvió a hacerse visible. Se dio cuenta porque el perro, que parecía haber estado dormitando, dio un brinco ladrando alegremente.

—Muy bien —dijo el pastor—, también tú te das cuenta, ¿verdad?, de la suerte que hemos tenido. Pues sí, amigo mío: se acabó esta vida tan dura, de una vez por todas diremos adiós a estas aburridas ovejas. ¿Sabes lo que he pensado? He pensado hacerme detective, policía privado. Gracias a mi invisibilidad podré realizar toda clase de investigaciones sin llamar la atención. Podré entrar y salir de las casas de los malhechores, recoger pruebas, hacer fotografías, etc.

Confundiré a los ladrones más avisados. Desenmascararé a los falsificadores y atracadores más hábiles. Y me haré famoso en Italia y Suiza. Y a lo mejor también en Prusia.

Y así sucedió. Unos meses después los periódicos de media Europa no hablaban más que de las hazañas del que habían bautizado como «el rey de los investigadores», quien, por cuenta propia, eligió el nombre de batalla de Doctor Invisibilis.

TERCER FINAL

El pastor se puso muy contento por su suerte.

—Bendito sea este anillo —decía— y el que me lo ha dado.

Pero desde aquel momento, el miedo a perder el anillo no le dejaba tranquilo.

En el bolsillo —pensaba— no puedo tenerlo: cualquier día, al sacar el pañuelo, se me caerá y adiós muy buenas. Es mejor que nadie me lo vea, podría robármelo un ladrón. Lo esconderé... Pero ¿dónde? Ya está, en aquella planta, donde hay aquella hendidura...

Y así lo hizo. Luego se llevó a pastar a las ovejas, fantaseando sobre lo que podría hacer con el anillo encantado. Todas eran unas fantasías preciosas, pero destinadas a seguir siéndolo. Pues mientras tanto, una urraca había encontrado el anillo, se lo llevó a su escondite, a saber dónde. Y así es como en vez de un pastor invisible hubo un anillo invisible e inencontrable.

Taxi para las estrellas

Una noche el taxista Compagnoni Peppino, de Milán, terminado su turno de servicio, iba conduciendo despacito para llevar el coche al garaje, abajo, por la zona de Porta Genova. No se sentía demasiado contento porque había hecho pocas carreras y tuvo más de un cliente caprichoso, incluyendo a una señora que le había hecho esperar cuarenta y ocho minutos fuera de una tienda; además el guardia le había puesto una multa. Por eso, mientras iba a encerrar, miraba a los transeúntes. Y en esto un señor le hace una señal.

—¡Taxi, taxi!

—Entre, señor —el Compagnoni Peppino frenó rápidamente—. Pero voy hacia abajo, hacia Porta Genova, ¿le viene bien?

—Vaya adonde quiera, pero deprisa.

—No, mire, iremos donde usted quiera, no faltaría más. Siempre que no se salga demasiado de mi camino.

—¡De acuerdo! ¡Póngalo en marcha y siga siempre adelante!

—De acuerdo, señor.

El Compagnoni Peppino apretó el pedal del acelerador y adelante. Pero mientras tanto observaba al pasajero por el espejo retrovisor. Qué tipo: «Vaya donde quiera, siga siempre adelante...» La cara se le veía poco, medio oculta por el cuello del abrigo y el ala del sombrero. «Uuy —pensaba el Peppino—, ¿no será un ladrón? Voy a fijarme en si nos persigue alguien...

No, parece que no. Ni maleta ni bolsa. Sólo un paquetito. Vaya, ahora lo abre. A saber lo que lleva dentro... ¿Qué puede ser eso? Casi parece un trozo de chocolate. Exacto, chocolate azul, ¿de cuándo acá hay chocolate azul? Pero él se lo come... Bueno, hay gustos para todo. Animo Peppino, que ya casi hemos llegado... Eeh, digo, pero... pero, ¿qué es esto? ¿Qué pasa? Eeh, ¿qué hace usted?, ¿qué está tramando...?»

—No se preocupe —respondió el pasajero con voz cortante—, siga siempre adelante.

—¡Pero qué adelante ni qué narices! ¡Por aquí no se va ni para delante ni para atrás! ¿No se ha dado cuenta de que estamos volando? ¡Socorro...!

El Compagnoni Peppino viró para no embestir las antenas de la televisión en lo alto de un rascacielos. Luego siguió protestando:

—Pero, ¿qué es lo que se le ha metido en la cabeza? ¿Qué es este enredo?

—No tenga miedo, no pasará nada.

—Sí, claro, usted lo llama nada. Un taxi que vuela por el aire es algo que pasa a cada momento... Pero mire, recarambola, estamos sobre la catedral de Milán, si nos caemos nos ensartamos en una aguja y adiós muy buenas. Pero, ¿puede saberse qué clase de broma es ésta?

—Debería darse cuenta por sí mismo de que no es una broma —replicó el pasajero—. Estados volando, ¿y qué?

—Pero como que ¡«qué»! ¡Mi taxi no es un misil!

—Ahora hágase a la idea de que es un taxi espacial.

—¡Cómo que espacial! Además ni siquiera tengo permiso para pilotar. Hará que me pongan una buena multa, ya lo verá. ¿Y quiere explicarme cómo es que podemos volar?

—Es sencillísimo. ¿Ve esta sustancia azul?

—La he visto sí, también he visto que ha comido un trocito.

—Sí, basta con tragar un pedacito para que funcione. Es un motor antigravitacional que nos hará alcanzar la velocidad de la luz, más un metro.

—Muy bien, todo eso es muy interesante. Pero yo tengo que irme a casa, estimado señor. Yo vivo en Porta Genova, no en la luna.

—No estamos yendo a la luna.

—¿Ah, no? ¿Y adónde vamos?

—Al séptimo planeta de la estrella Aldebarán. Allí es donde vivo yo.

—Me alegro mucho, pero yo vivo en la Tierra.

—Escuche, voy a decirle de lo que se trata. Yo no soy un terrestre, soy un aldebariano. Mire.

—¿Qué es lo que tengo que mirar?

—Aquí, ¿ve el tercer ojo?

—Recarambola, es verdad que tiene tres ojos.

—Míreme las manos. ¿Cuántos dedos tengo?

—Uno, dos, tres... seis... doce. ¿Doce dedos en cada mano?

—Doce. ¿Se ha convencido ya? He estado en una misión en la Tierra, para ver cómo van las cosas entre vosotros, y ahora regreso a mi planeta para informar.

—Magnífico, es su obligación, cada uno en su casa. ¿Y yo? ¿Qué hago yo para volver a casa?

—Le daré un trocito de esto para masticarlo y estará en Milán en un momento.

—¿Realmente necesitaba coger el taxi?

—Lo hice porque quería viajar sentado. ¿Le basta? Mire, estamos llegando.

—¿Esa bola de ahí es su planeta?

Pero «esa bola de ahí» se transformó en unos segundos en un globo enorme hacia cuya superficie descendía a impresionante velocidad el taxi del Compagnoni Peppino.

—Allí, a la izquierda —ordenó el pasajero—, aterrizaremos en aquella plaza.

—Menos mal que usted ve una plaza, yo lo único que veo es un prado.

—En mi planeta no hay prados.

—Entonces será una plaza pintada de verde.

—Uhmm... descienda un poco... descienda... así... ¡Por Aldebarán!

—¿Qué le había dicho? ¡A ver si no es hierba! ¿Y quiénes son aquellos?

—¿De quién está hablando?

—De aquella especie de gallinas gigantes que se nos echan encima con el arco y las flechas.

—¿Arco? ¿Flechas? ¿Gallinas gigantes? ¡En mi planeta no hay nada por el estilo!

—¿Ah, no? Entonces, ¿sabe lo que le digo?

—Cállese, ya lo sé. Nos hemos equivocado de camino. Déjeme pensar un momentito.

—Pues piense rápido, porque esos tipos estan llegando. ¡Ziiip! ¿Lo ha oído? ¡Era una flecha! Vamos, señor Aldebariano, despierte, coma un pedacito de chocolate azul, vamos a largarnos, levantar el campo, pirarnos, porque el Peppino Compagnoni quiere regresar a Milán con su piel sin agujerear, ¿ha comprendido?

El Aldebariano se apresuró a morder la misteriosa sustancia que el Peppino Compagnoni llamaba chocolate azul.

—¡Trágueselo! ¡Trágueselo sin masticar; que acaba antes! —gritó el taxista.

PRIMER FINAL

El taxi reemprendió el vuelo con el tiempo justo, pero una flecha alcanzó a uno de los neumáticos de atrás que se desinfló con un larguísimo ¡PIIIIIIIFF!

—¿Lo ha oído? Se estropeó —exclamó el Compagnoni Peppino—, y puede estar seguro de que esta se la cobro.

—Pagaré, pagaré —contestó el Aldebariano.

—¿Tomó ahora la cantidad justa? ¿No nos encontraremos en algún otro planeta salvaje?

Pero con las prisas, el Aldebariano no pudo medir la dosis con exactitud. El taxi del cosmos tuvo que estar un rato dando brincos de un lado a otro de la Galaxia antes de acertar con el planeta del Aldebariano. Pero cuando llegaron, era tan bonito y sus habitantes tan amables, y su guiso de arroz azul (una especialidad de por allí) tan sabroso, que el Compagnoni Peppino ya no sintió tanto anhelo por regresar a Milán. Se quedó quince días, de maravilla en maravilla. Tomó nota de todo y, una vez en la Tierra, publicó un libro, ilustrado con doscientas fotografías, que se tradujo a noventa y siete idiomas y le valió el Premio Nobel. Actualmente el Compagnoni Peppino es el taxista-escritor-explorador más famoso del sistema solar.

SEGUNDO FINAL

El taxi despegó y, como era más veloz que las flechas que le seguían, enseguida se encontró fuera de peligro.

—A lo que parece —observó el Peppino— usted tampoco tiene mucha experiencia espacial ¿eh?

—Usted ocúpese de conducir —refunfuñó el Aldebariano—. Yo me encargo del resto.

—Muy bien, procure acertar.

Volaron durante unos minutos, a la velocidad de la luz (más un metro), superando distancias incalculables. Y al final del viaje se encontraron en... Milán, ¡en la plaza de la catedral!

—¡Maldición, he vuelto a equivocarme! —gritaba el Aldebariano, tirándose del pelo con sus veinticuatro dedos—. ¡Vámonos!

—No, gracias —exclamó el taxista, saltando al suelo—, yo me encuentro muy bien aquí. Si quiere, quédese con el coche: pero piénselo antes de causarme este trastorno. Sólo tengo esas cuatro ruedas para dar de comer a mis hijos.

—Paciencia —gruñó el Aldebariano—, iré a pie.

Salió del coche, mordisqueó su «chocolate azul» y desapareció. Antes de irse a casa, el Compagnoni Peppino entró en un bar a tomarse un aguardiente para quitarse el susto.

TERCER FINAL

Sería demasiado largo de contar. Os doy sólo un esbozo. El taxista y el Aldebariano son hechos prisioneros por las Gallinas Gigantes. La prisión es un huevo. Escapan con aquel huevo. El Aldebariano desembarca en su planeta. El Compagnoni Peppino vuelve a Milán con el huevo gigante y una buena provisión de «chocolate azul». Monta una agencia de viajes cósmicos, una línea de taxis Tierra-Marte-Saturno y retorno y una granja de gallinas que ponen huevos pequeñitos pero, para fritos, insuperables.

La enfermedad de Tino

Erase una vez un contable. Se llamaba el contable Bianchi y trabajaba en un banco. Estaba casado con la señora Rosa y tenían un niño de pocos meses. Un precioso niño de ojos avispados e inteligentes. Con su buena mata de pelo negro. Lo que se dice un niño guapo.

Se llamaba Giovanni Batista, pero como un nombre así resultaba demasiado largo para un niño todavía tan pequeño, sus padres le llamaban Tino.

Tras el primer cumpleaños vino el segundo. Pero antes de que llegase el tercero, Tino manifestó los primeros síntomas, los primeros indicios de una enfermedad un tanto insólita.

Un día, al volver de la compra, la señora Rosa le vio acuclillado sobre una alfombra jugando melancólicamente con un caballo de goma. De repente, a la señora Rosa se le encogió el corazón... Tino... eso era; Tino le parecía tan pequeño, francamente *más pequeño de como le había dejado cuando salió*... Corrió hacia él, le cogió en brazos, llamándole por su nombre, acariciándole... Menos mal, se había equivocado: Tino era el mismo de siempre. No había cambiado el peso, ni la estatura, ni tampoco la vivacidad con la que volvía a jugar con el caballo de goma, golpeándolo enérgicamente contra el suelo.

Otro día el contable Bianchi y la señora Rosa dejaron solo a Tino en el cuarto de estar durante un momento. Cuando volvieron, lanzaron un grito al unísono.

—¡Tino!

—¡Tino!

El niño levantó los ojos, sonrió... La señora Rosa lanzó un suspiro de alivio:

—Cielo santo, qué susto...

—A quien se lo vas a decir.

—De repente me pareció, no sé... como si estuviera más delgado, más pequeño...

—Por un momento, le vi tan pequeño como un muñequito.

—¿Qué nos habrá pasado?

—Es extraño que los dos...

—Sabes, a mí me pasó otra vez; volví del mercado y le vi allí, en aquel rinconcito, tan pequeño, tan chiquinín tan chiquinín...

Aquel día el contable Bianchi y la señora Rosa se tranquilizaron. Pero más adelante volvió a repetirse lo mismo, y otra vez más. Entonces, como es lógico, decidieron llevarle al médico. El médico reconoció a Tino, le midió, le pesó, le hizo decir treinta y tres, le ordenó toser, le miró la garganta con una cuchara, y concluyó:

—Me parece un niño estupendo. Sano, fuerte. Todo bien.

—Pero entonces, doctor...

—Entonces, entonces... Vamos a hacer una prueba. Saldremos los tres, dejándole solo un momento y vamos a ver qué pasa.

Salieron del despacho y se quedaron escuchando detrás de la puerta. Ni un ruido. Tino no lloraba, no se movía, no daba señales de seguir allí dentro.

Cuando volvieron a entrar, vieron los tres lo mismo: vieron que Tino se había hecho pequeño, pero pequeño pequeñísimo... Aunque sólo por unos instantes. En cuanto vio al papá y a la mamá y al médico volvió a ser el que era: un hermoso chiquillo, sano y fuerte, incluso bastante alto para su edad.

El doctor dijo:

—Ya entiendo, ya entiendo. No es exactamente una enfermedad, pero es una cosa rarísima. Solamente sucedió una vez, hace cien años, en América...

—¿Y de qué se trata? —preguntó el contable Bianchi.

—¿Es grave? —apremió la señora Rosa.

—Grave no, no diría eso. Es una cosa así —murmuró el doctor.

—Una cosa ¿cómo?

—Díganoslo, doctor, no nos deje con esta preocupación...

—Calma, calma, señores —dijo el médico—. No hay motivo para alarmarse. Este niño lo que necesita es no quedarse nunca solo. *Cuando se queda solo, empequeñece.* Esto es todo. Necesita compañía, ¿entienden?

—Pero nosotros nunca le dejamos solo.

—Al menos, casi nunca...

—Entiendo, entiendo. Pero no se trata de esto. El niño necesita estar con otros niños de su edad, ¿comprenden? Un hermanito, amigos. Mandarle al colegio, buscarle compañeros de juego, ¿entienden?

—Sí, doctor.

—Gracias, doctor. ¿Y siempre será así?

—¿Qué quiere decir, señora?

—Quiero decir: ¿incluso cuando crezca tendrá que estar siempre con alguien para no hacerse pequeño pequeño?

—Eso se verá —dijo el médico elevando los brazos al cielo—. Pero aunque fuera así, ¿sería una desgracia?

El contable Bianchi y la señora Rosa se llevaron a casa al pequeño Tino: bueno, como ya he dicho, no tan pequeño, y se preocuparon por él aún más que antes. Tino tuvo un hermanito, fue al colegio, crecía bien en todos los sentidos, o sea que se hacía alto, inteligente y activo... Verdaderamente era un chico estupendo y todos le querían: no iniciaba una riña, era él el que ponía paz entre los contendientes. Luego se hizo un mozalbete, fue a la Universidad...

Una vez, cuando ya tenía veinte años, estaba estudiando en su habitación. Esa vez estaba totalmente solo, aunque de costumbre venía algún amigo a estudiar con él... El contable Bianchi y la señora Rosa tuvieron el mismo pensamiento.

—¿Vamos a ver?

—No sé. Ya han pasado tantos años...

—Vamos, anda... quiero saber si todavía...

Y de puntillas, uno detrás de otro, miraron por el agujero de la cerradura...

PRIMER FINAL

...Después de mirar, el matrimonio Bianchi se echó los brazos al cuello y estalló en llanto.

—¡Pobre Tino!

—¡Pobre hijo nuestro!

—No se ha curado, no se curará nunca...

Tino, de golpe, había vuelto a hacerse pequeño como un niño de tres o cuatro años. Seguía teniendo su cara de jovencito, los pantalones largos y el jersey verde, pero tenía la estatura de un enano.

—Es inútil —suspiró el contable Bianchi—, no se le puede dejar solo ni un minuto.

—Es inútil —sollozó la señora Rosa—, quizá ha sido culpa nuestra: no le hemos dado suficientes vitaminas.

—¿Qué hacemos? —preguntaron al médico, por teléfono, para recibir antes la contestación.

—Vamos, vamos, no se desesperen —contestó el doctor—, hay una solución. Que se case con una buena chica, tendrá hijos que no le dejarán en paz ni un minuto y ya no correrá peligro.

—Pues es verdad —exclamó muy contento el contable Bianchi.

—Pues claro —se alegró la señora Rosa—, ¡se nos podía haber ocurrido a nosotros!

SEGUNDO FINAL

...Después de mirar, el matrimonio Bianchi se abrazó y lloró de alegría.

—¡Qué bien!

—¡Qué maravilla!

—Se ha quedado igual.

—¡Ha curado del todo!

Y en realidad Tino no había menguado ni siquiera un centímetro, ni tan sólo un milímetro, y continuaba estudiando tranquilamente, sin sospechar ni remotamente el drama protagonizado por sus padres al otro lado de la puerta.

Tenía tantos amigos, tantos hilos que le unían a la vida, tantos proyectos y esperanzas y tantas ganas de trabajar: todas estas cosas uno las lleva consigo cuando está solo. Por eso, verdaderamente solo no está nunca.

TERCER FINAL

...Después de mirar por turno por el agujero de la cerradura, el contable Bianchi y la señora Rosa se quedaron con los ojos desorbitados, sin palabras, durante sesenta segundos.

—Esto sí que...

—Quién iba a imaginarse que...

—Rosa, por favor, hazme un café bien fuerte, te lo ruego.

—Sí, sí, yo también lo necesito. Una cosa así...

—Es algo nunca visto...

¿Pero qué es lo que habían visto?

Habían visto a su Tino hacerse el doble de alto de su estatura normal: tenía que encorvarse un poco para no dar con la cabeza contra el techo, tenía las piernas y los brazos largos como las patas de una jirafa. Pero no parecía darse cuenta y continuaba estudiando y tomando apuntes con un lápiz que, en su inmensa mano, parecía un palillo de dientes.

—Ahora tiene la enfermedad opuesta —suspiró el contable Bianchi, soplando el café hirviendo.

—Es un auténtico fenómeno —decidió la señora Rosa.

Aventura con el televisor

Una noche el doctor Verucci volvía a casa del trabajo. Este doctor Verucci era un empleado, a lo mejor de correos. Pero también podía ser un dentista. Podemos hacer todo lo que queramos con él. ¿Le colocamos bigotes? ¿Barba? Muy bien, barba y bigotes. Intentemos también imaginar cómo está vestido, cómo anda, cómo habla. En este momento se habla a sí mismo... Vamos a escucharle a escondidas:

—A casa, por fin a casa... *Hogar dulce hogar...* No puedo más, estoy verdaderamente cansado. Y además todo este jaleo, este tráfico. Ahora entro, cierro la puerta, señoras y señores, les saludo: todos fuera... cuando cierro la puerta de casa el mundo entero tiene que quedarse fuera. Esto al menos lo puedo hacer, vaya... Ya está. Solo, al fin solo... qué maravilla... Primero, fuera la corbata... Segundo, las zapatillas... Tercero, encender la televisión... Cuarto, la butaca, con el taburete bajo los pies, cigarrillo... Ah, ahora estoy bien. Y sobre todo, solo... so... Pero ¿usted quién es? ¿De dónde viene?

Una hermosa señorita sonreía amablemente al doctor Verucci. No estaba un instante antes, ahora se encontraba allí, sonreía y se arreglaba un collar sobre el pecho.

—Doctor, ¿no me reconoce? Soy la presentadora de la televisión. Usted encendió el televisor y aquí me tiene. Tengo que darle las noticias de última hora...

El doctor Verucci protestó:

—Más despacio, usted no está *dentro* del televisor como debería: está en mi casa, en mi diván...

—Perdone, ¿cuál es la diferencia? También cuando estoy en el televisor estoy en su casa y hablo con usted.

—Pero ¿cómo ha hecho para entrar? No me he dado cuenta... Oiga, ¿no habrá entrado a escondidas, verdad?

—Vamos, no le dé tantas vueltas... ¿Quiere o no las noticias del telediario?

El doctor Verucci se resignó:

—La cosa no acaba de convencerme, pero bueno... Puede empezar.

La hermosa señorita se aclaró la voz y comenzó:

—Entonces: *en Inglaterra continúa la caza del temible bandido evadido de la cárcel de Reading. El comisario jefe de la policía ha declarado que según él el bandido se esconde en los bosques...*

En ese momento el doctor Verucci oyó una voz que no provenía ni del televisor ni de la presentadora, sino de un punto indeterminado detrás de su cabeza. La voz dijo:

—¡Cuentos!

—¿Quién es? —se sobresaltó Verucci—. ¿Quién ha hablado?

—Es el bandido, ¿no? —dijo la locutora sin inmutarse—. Mire, estaba escondido detrás de su diván.

—Cuentos —repitió la voz—, no le voy a decir a usted dónde me escondo...

El doctor Verucci se levantó de golpe, miró hacia donde salía la voz y estalló:

—Pero, ¿cómo se permite? ¡Y encima armado! ¡Un bandido en mi casa! ¡Cosa de locos!

—¡Si es usted quien me ha invitado! —dijo el bandido saliendo de su escondrijo.

—¿Yo? Esta sí que es buena... Yo invitando a bandidos a hacerme visitas y tomar una copa...

—A propósito, ¿la tiene?

—¿El qué?

—La copa.

—Además de un bandido es un descarado. En primer lugar, declaro que no le conozco y que está aquí en contra de mi voluntad. Usted, señorita, es testigo.

—No, doctor Verucci —dijo la locutora—, no puedo testificar como usted quiere. Fue usted el que encendió el televisor...

—Ah, también el bandido...

—Desde luego, ha entrado en su casa *desde el televisor,* como yo.

—Bueno —dijo el bandido—, ¿me ofrece una copa o no?

—No faltaba más —contestó el doctor Verucci—, adelante, acomódese. Haga como si estuviera en su casa. Ya me he dado cuenta de que aquí no pinto nada. Es mi casa, pero no tengo ninguna autoridad. La puerta está cerrada, las ventanas atrancadas, pero la gente entra y sale y hace lo que le parece...

—Cómo se enrolla por una copa —observó el bandido.

—¿Sigo con las noticias? —preguntó la locutora.

Y Verucci:

—¿Por qué no? Siento curiosidad por ver cómo acaba esta historia...

Y la señorita volvió a adoptar el tono impersonal de las locutoras y anunció: *El general Bolo, comandante de las tropas semánticas, ha declarado que reiniciará lo más pronto posible la ofensiva contra la república de Planavia y que la guerra no terminará antes de Navidad.*

—Eso no es del todo exacto —dijo una nueva voz, al tiempo que se abría de par en par la puerta de un armario. Nuevo sobresalto del doctor Verucci.

—¿Cómo? Ah, quería decir. ¿Usted es el general Bolo, no? ¿Qué estaba haciendo en ese armario?

—Nada que le incumba —contestó el general.

—Ya, pero de todas formas quiero verlo —dijo
Verucci, llevando a cabo lo que anunciaba—. Bombas...
Bombas en mi armario. ¡En mi armario, digo!... ¿Qué
tengo yo que ver con su guerra?, me gustaría saberlo...

El general Bolo rió a carcajadas:

—Estimado señor, mi trabajo consiste en diri-
gir a las tropas semánticas y ocupar el territorio de Planavia, no en contestar a sus preguntas. Estaba diciendo, aquí, a la señorita, que mi declaración ha sido mal
interpretada. Mis palabras exactas fueron éstas: *la guerra terminará antes de Navidad, porque destruiré, uno
a uno, a todos los planavianos, sus ciudades las reduci-
ré a cenizas, y sus campos quedarán convertidos en
desiertos.*

Llegados aquí, el bandido también quiso dar
su opinión:

—Escuchen, escuchen, cuánta amabilidad: y a
mí, pobre salteadorcillo de caminos, me están dando
caza por toda Inglaterra. Me gustaría saber quién es,
de los dos, el auténtico bandido...

—En cambio a mí —tronó el doctor Verucci—
me gustaría saber cuándo se marchan todos: usted,
querida señorita, y usted, señor bandido, y usted, señor general... ¡Esta es mi casa y quiero quedarme solo!
No me interesa lo que hagan o lo que digan. Pero
ya encontraré una forma de echarles. Ahora llamo a la
policía y les denuncio por violación de domicilio. ¿De
acuerdo? Y telefoneo también a los carabineros, que
para eso están. Y además a los guardias urbanos, a los
bomberos... Quiero comprobar si en mi casa soy o no
el dueño... Quiero comprobarlo...

Pero mientras tanto, a medida que la locutora
de TV continuaba con la lectura de las noticias, la
casa de la que el doctor Verucci era único propietario
y en la que contaba con permanecer solo y sin ser
molestado, iba llenándose de gente de todas clases:
masas de hambrientos, ejércitos en marcha, hombres
políticos en la tribuna, automovilistas bloqueados por
el mal tiempo, deportistas entrenándose, trabajadores

en huelga, aviones en misión de bombardeo... Voces, gritos, cantos, insultos en todos los idiomas se mezclaban con ruidos, explosiones y estruendo de todas clases.

—¡Basta! —gritaba el doctor Verucci—. ¡Traición! ¡Violación de domicilio! ¡Basta! ¡Basta!

PRIMER FINAL

De repente se oyó un enérgico timbrazo.

—¿Quién es?

—¡La fuerza pública!

Gracias al cielo eran los carabineros. Un vecino, alarmado por las explosiones, les había llamado.

—¡Quietos todos! ¡Manos arriba! ¡Documentación!

—Gracias —suspiró el doctor Verucci, derrumbándose sobre su amado diván. Gracias, llévenselos a todos. ¡No quiero ver a ninguno! Todos son sospechosos.

—¿También la señorita?

—También ella. No tenía ningún derecho a traerme a casa todo este jaleo.

—De acuerdo, doctor Verucci —dijo el comandante de los carabineros—, tiene usted derecho a su vida privada. Les llevaré a todos a la cárcel. ¿Quiere que le prepare un café?

—Gracias, ya me lo hago yo. Pero sin cafeína porque si no no puedo dormir.

SEGUNDO FINAL

De repente... el doctor Verucci puso término a sus exclamaciones. Acababa de ocurrírsele una idea, pero una idea... una de esas ideas que en los tebeos las representan con una lucecita que se enciende en la cabeza de Pato Donald o de Supermán.

El doctor Verucci se acercó a hurtadillas al televisor, sonriendo a los numerosos presentes que le observaban con curiosidad. Con una última sonrisa se aseguró de que nadie pudiera interrumpir su maniobra. Y luego, con un gesto brusco y preciso, *tac,* apagó el televisor.

La primera en desaparecer, junto a las últimas luces del vídeo, fue la locutora. A continuación desaparecieron, uno detrás de otro, bandidos y generales, cantantes y atletas, ejércitos y pueblo. Sencillo ¿no?

Basta con apagar el televisor y el mundo se ve obligado a desaparecer, a quedarse fuera de la ventana, a dejarle a uno solo y tranquilo.

El doctor Verucci, habiendo quedado vencedor, sonríe para su coleto y se enciende la pipa.

TERCER FINAL

De repente... el doctor Verucci deja de gritar como un insensato.

¿Había comprendido?

Sí, había comprendido.

¿El qué?

Que no basta con cerrar la puerta de casa para dejar fuera al mundo, la gente, sus dolores, sus problemas.

Que nadie puede gozar verdaderamente de las alegrías de la vida cuando sabe —y un televisor es suficiente para hacérselo saber— que hay gente que llora, sufre y muere, cerca o lejos, pero siempre en este mundo, que es uno solo para todos, nuestra casa común.

La gran zanahoria

Esta es la historia de la zanahoria más grande del mundo. Ya se ha contado de muy distintas maneras, pero para mí las cosas sucedieron así.

Una vez un hortelano plantó zanahorias. Las cultivó como es debido, hizo todo lo que había que hacer y, en la estación adecuada, fue al huerto y empezó a sacar las zanahorias de la tierra. En un determinado momento encontró una zanahoria más gruesa que las otras. Tiraba y tiraba y no salía. Probó de cien maneras, pero nada... Por último tomó una decisión y llamó a su mujer.

—¡Giuseppina!

—¿Qué quieres, Oreste?

—Ven un momento, hay una maldita zanahoria que no quiere salir de la tierra. Lo ves, mira...

—Parece gorda de verdad.

—Vamos a hacer una cosa: yo tiro de la planta de la zanahoria y tú me ayudas tirando de mi chaqueta. Agarrados, vamos... ¿Preparados? ¡Tira! Venga, al tiempo...

—Será mejor que te tire de un brazo porque la chaqueta se desgarra.

—Tira del brazo. ¡Fuerte! ¡Nada! Llama también al chico... ¡Me he quedado sin aliento!

—¡Romeo! ¡Romeo! —llamó la mujer del hortelano.

—¿Qué quieres, mamá?

—Ven un momento. Corre...

—Tengo que hacer las tareas.

—Ya las harás después, ahora ayuda. Hay una zanahoria que no quiere salir. Yo tiro de este brazo de papá, tú tiras del otro, papá tira de la zanahoria y vamos a ver qué pasa...

El hortelano se escupió en las manos.

—¿Estáis listos? ¡Animo, adelante! ¡Tirad! ¡Venga, sube, sube! Nada, no viene.

—Esta debe ser la zanahoria más grande del mundo —dijo la Giuseppina.

—¿Llamo también al abuelo?

—Anda, llámale... —dijo el hortelano—. Yo ya estoy sin aliento.

—¡Abuelo! ¡Abuelo! Ven un momento. ¡Y date prisa!

—Me doy prisa, me doy prisa... a mi manera... a tu edad también yo corría, pero ahora... ¿Qué pasa?

Antes de ponerse al trabajo el abuelo ya jadeaba de fatiga.

—Es la zanahoria más gorda del mundo —le dijo Romeo—, no conseguimos sacarla entre tres. ¿Nos echas una mano?

—Os echo incluso dos... ¿Cómo hacemos?

—Vamos a hacer así —dijo Romeo—. Usted me coge de un brazo y tira, yo tiro de un brazo de mi padre, mi madre tira del otro, papá tira de la zanahoria y si ahora no sale...

—De acuerdo —dijo el abuelo—. Esperad un momento.

—Pero ¿qué hace?

—Apoyo la pipa en esta piedra. Ya está. No se pueden hacer dos cosas a la vez. O fumar o trabajar, ¿correcto?

—Sujetarse, entonces —dijo el hortelano—. ¿Estáis todos agarrados? ¿Preparados? ¡Vamos! ¡Tira! ¡Sube! ¡Tirad!

—¡Venga, sube! ¡Venga, sube! ¡Venga, sube!

—Ay... ¡socorro!

—¿Qué le ha pasado, abuelo?

—¿Pues no ves que me he caído al suelo? Me he resbalado, eso es. Y además me he sentado sobre la pipa...

El pobre viejecito se había quemado la parte trasera de los pantalones.

—Así no conseguimos nada —concluyó el hortelano—. Romeo, da un salto a casa del vecino Andrea, pídele que venga a echarnos una mano.

Romeo reflexionó. Luego dijo:

—¿Le digo que traiga también a su mujer y a su hijo?

—Pues sí, díselo —le respondió el padre—. Qué barbaridad de zanahoria... es como para sacarlo en los periódicos...

—¿Llamamos a la televisión? —propuso la Giuseppina. Pero su proposición cayó en el vacío.

—Sí, la televisión —gruñó el hortelano—, primero hay que llamar a gente para que tire...

Para abreviar, vino el vecino Andrea, vino su mujer y vino también su hijo, que tenía cinco años y no podía tener mucha fuerza en los brazos...

Mientras tanto se corrió la voz por el pueblo y mucha gente, charlando y riendo, había cogido el camino de aquel huerto.

—Pero qué va a ser una zanahoria —decía uno—, allí debajo debe de haber una ballena.

—¡Pero las ballenas están en el mar!

—No todas; yo vi una en la feria.

—Y yo he visto una en un libro.

Los curiosos se exhortaban unos a otros:

—Agárrate tú también, Gerolamo, que eres fuerte.

—A mí las zanahorias no me gustan: prefiero las patatas.

—Y yo los buñuelos de viento.

Charlando y charlando, tirando y tirando, el sol ya estaba a punto de ponerse...

PRIMER FINAL

La zanahoria no sale.

Todo el pueblo se agarra para tirar: nada.

Llega gente de pueblos lejanos: y seguimos en las mismas.

Por fin se descubre que la zanahoria gigante atraviesa todo el globo terráqueo y que en el otro lado hay otro hortelano, otra muchedumbre que tira; en resumen, es un tirón muy fuerte que no terminará nunca.

SEGUNDO FINAL

Tirando, tirando, sale algo, pero no es una zanahoria: es una calabaza. Dentro de la calabaza hay siete enanos zapateros, sentados en círculo martilleando suelas.

—¿Qué maneras son éstas? —protestan los enanos—. No tenéis derecho a robarnos casa y tienda. Volved a enterrarnos.

La gente se asusta y escapa.

Huyen todos menos el abuelo. El abuelo dice a los enanos:

—¿Tenéis un cerilla? Se me ha apagado la pipa.

El abuelo y los enanos se hacen amigos.

—Casi, casi —dice él—, me voy yo también a vivir en vuestra calabaza. ¿Tenéis un poco de sitio?

Romeo grita desde lejos:

—Si se va usted también quiero ir yo.

La Giuseppina grita:

—Romeo, si vas tú yo también voy.

El hortelano grita:

—Giuseppina, si tú vas yo también.

Los enanos se enfadan y ellos y su calabaza vuelven a hundirse en la tierra.

TERCER FINAL

Tirando tirando... la unión hace la fuerza: la zanahoria va saliendo, un centímetro de cada vez. Es tan grande que se necesitan veintisiete camiones y un triciclo para llevarla al mercado.

No hay empresas imposibles cuando los hombres trabajan juntos, en amor y compañía.

Cien liras en el bolsillo

Había una vez tres hermanos. Eran pobres y no sabían cómo hacer para salir adelante. Una noche, cuando se iban a la cama sin cenar, dijo el mayor:

—Hermanos míos, no podemos seguir así. Nuestro campo es demasiado pequeño para darnos de comer a los tres. Mañana me marcharé, iré por el mundo en busca de fortuna... Y si tengo suerte, volveré a casa y viviremos como señores.

A la mañana siguiente parte el hermano mayor. Anda y anda, caía la noche y seguía caminando.

Por fin llegó a una posada en medio del bosque, cenó con un poco de pan y queso y fue a la habitación colectiva. Sólo había una cama libre, las otras ya estaban ocupadas por gente que dormía. Se acostó y él también se durmió.

Se despertó temprano porque los campesions están acostumbrados a levantarse antes del amanecer. Se vistió, pagó la cuenta y se marchó. Ya había andado un buen trecho cuando le entraron ganas de sonarse la nariz. Mete la mano en el bolsillo y se echa a reír: «Anda ¿qué es esto?... ¡Una moneda de cien liras! Nunca he tenido dinero que meter en los bolsillos de los pantalones... Ah, ahora lo entiendo: estos pantalones no son míos. Se ve que en la oscuridad los he confundido con los de otro. Aunque, más o menos, valen lo mismo, o sea nada. No merece la pena volver atrás para cambiarlos... ¿Y ahora qué hay en el bolsillo? Otra moneda de cien liras... Me pareció que sólo había una... No hay dos sin tres, vamos a ver si está también la tercera... Vaya, pues con ésta son trescientas liras... Casi he ganado mi jornal...»

¡Y algo más que el jornal! Cada vez que metía la mano en el bolsillo encontraba cien liras. Imagipaos si se iba a cansar... Y fuera y fuera y fuera: ya había juntado un buen montón de monedas y el bolsillo no se cansaba de tener siempre una dispuesta para que la encontrara. El joven no cabía en sí de alegría. Emprendió una carrera y en un par de horas estuvo en casa...

—¡Hermanos! ¡Hermanitos míos! ¡He hecho fortuna! ¡Mirad!

—Es verdad. ¡Qué montón de dinero!

—Y aún puedo tener más, todo el que quiera...

—¿Has encontrado la máquina para hacer dinero?

—Justo. Una máquina maravillosa y sencillísima... Toma, cien liras... cien liras... cien liras más...

—Estupendo —dijo el segundo hermano—. Pero no es justo que vivamos a tu costa. Mañana partiré en busca de fortuna. Si tú la has encontrado, seguro que yo también la encontraré, y viviremos los tres como señores...

Al día siguiente, se pone en camino el segundo hermano, llega a la misma posada, va a dormir a la misma habitación y por la mañana se pone los pantalones de su vecino y se va. Cuando ha andado un buen trecho, se para y se hurga en los pantalones.

—Vamos a ver si yo también he hecho fortuna... En este bolsillo nada... En cambio aquí hay algo... uhm, nada de dinero ¡sólo un trozo de papel! ¡Pero esto es un billete de mil liras...! A lo mejor hay algún otro... Pues sí, aquí está... Y otro... y otro más... ¡Soy rico! ¡Soy rico!

En efecto, el bolsillo le tenía siempre preparado un billete de mil: lo cogía y en seguida aparecía otro. ¡Así que aquellos también eran unos pantalones milagrosos! Como es natural, el segundo hermano hizo como el primero y volvió a casa, todo contento. Desde lejos empezó a gritar:

—¡Hermanos, hermanitos, yo también he hecho fortuna! Aún mejor, he encontrado una fortuna mayor que la tuya, querido hermano mayor...

—Es cierto, ¡qué hermoso montón de billetes de mil!

—Y puedo hacer todos los que quiera.

—Así que —dijo el hermano más pequeño— tú también has encontrado la máquina de hacer dinero. Bien, mañana quiero irme a mi vez por el mundo. Si vosotros dos habéis hecho fortuna ¿por qué no habría de hacerla yo?

—Pero no hay ninguna necesidad de que te vayas —le dijeron los hermanos—, nosotros podemos fabricar todo el dinero que necesitemos.

—Gracias por vuestra generosidad, pero no tengo ninguna necesidad de vivir a vuestra costa. Quiero hacer fortuna por mí mismo...

Así que también el tercer hermano hace su hatillo y se pone en camino. Y anda y anda, llega a la misma posada, cena, va a dormir, se despierta y... Y aquí se detiene la historia. Nosotros tenemos que hacerla continuar. Yo he pensado tres finales.

PRIMER FINAL

El hermano menor encuentra un millón en el bolsillo. Siempre un millón. Siempre otro millón. El bolsillo es mejor que la caja fuerte del Banco de Italia.

Vuelve a casa. Grandes fiestas, con la banda y fuegos artificiales. Los tres hermanos enriquecen a todo el pueblo, para evitar que se creen envidias.

A nadie se le pasó por la cabeza robarles los pantalones milagrosos: ¿para qué, si los tres hermanos nunca dicen que no a quien vuelve a pedir cien liras o cien millones?

Ahora ya hace tiempo que han muerto los tres hermanos. Pero si vais a aquel pueblo, veréis los tres pantalones expuestos en el museo comunal, junto al sable del famoso general Pastrufazietto.

SEGUNDO FINAL

El hermano menor encuentra en el bolsillo una nota que dice: «Ya basta. ¡Sois unos codiciosos!» Firmado: EL MAGO-QUE-REGALA-PANTALONES-MAGICOS-A QUIEN-QUIERE.

TERCER FINAL

El tercer hermano encuentra un millón en el bolsillo. Lo guarda en una bolsa, vuelve a mirar en el bolsillo ¡otro millón!

La nueva colección que creará afición

Es el guardalotodo personal donde vas a encontrar de todo, y en el que vas a poder archivar de todo.

Tiene dos elementos muy atractivos que van a ser la envidia de tus amigos y amigas: un precioso organizador de anillas y diez libros super divertidos.

El organizador contiene diversas secciones: *Agenda*, *Personal*, *Notas*, *Pegatinas* y *Actividades*. ¡Para que no olvides nada!

Los títulos de los diez libros son:

Locos por las pegatinas
Monstruos prehistóricos
Los primeros del mundo
Datos insólitos
Rompecabezas
Increíble, pero cierto
Lógica-mente

Datos básicos
Manual básico de Magia
Seres vivos

Próximamente encontrarás:
Archi-Diver Mega-juegos
y *Archi-Diver Magia:*
archivadores y libros

Un montón de ideas, juegos y actividades para que no te aburras

Los **Lokijuegos** son unos cuadernos de actividades y juegos, pensando en tus aficiones.

Modela con plastilina: un estuche con plastilina, recortables y un libro que te enseña cómo crear, paso a paso, originales y divertidas figuras. Comprobarás cómo modelar plastilina no es sólo un juego de niños.

Pulseras de la suerte: con los hilos y las instrucciones de este estuche, puedes hacer muchos modelos de pulseras, preciosas cintas para el pelo y cinturones.

Juegos de cuerda: un estuche con una cuerda especial y un libro de instrucciones para aprender a hacer más de 15 figuras sorprendentes, con la sola destreza de tus manos.

Maquillajes para disfraces: un fabuloso estuche con pinturas para maquillarte. El libro de instrucciones te indica con detalle cómo pintarte de reloj, tigre, payaso, araña, monstruo, conejo...

Además de estos títulos, en esta colección encontrarás:

Inventa tus insignias

Crea tus propios equipos de fútbol

Pegatinas fabulosas

Conviértete en artista

Crea tu propio cómic

Dibujos animados

Crea tus collages

Diseña tus letras

Juegos de cartas

Haz tu propio periódico

Códigos secretos

Aviones de papel

—Me gustaría saber —dice— de quien es este dinero y si es de verdad regalado: yo no quiero robar a nadie.

En cuatro saltos está de nuevo en la posada y empieza a preguntar:

—¿Quién se ha puesto mis pantalones en vez de los suyos?

Los clientes se miran los pantalones. Alguno, a saber por qué, se mira también la chaqueta y la camisa.

Al fondo, en un rincón, hay un hombrecillo que continúa desayunando sin comprobar absolutamente nada. Precisamente es él el que lleva puestos los pantalones del hermano menor.

—Perdone, ha pasado esto y lo otro ¿qué hacemos?

El hombrecillo bebe un sorbo de café con leche y calla.

—¿Entonces? —dice el hermano menor.

El hombrecillo unta con mantequilla una rebanada de pan, y sigue callado.

—¿No quiere que le devuelva sus pantalones?

—Uff, ¡qué lata! —grita por fin el hombrecito— no se puede comer en santa paz. Toma, cógelos, tus malditos pantalones...

Se los quita y se los tira sobre la mesa. El hermano menor se quita los del hombrecito, se mete los suyos y se va.

Después de dar unos pasos, mete las manos en el bolsillo y encuentra mil millones. Después otros mil millones. Luego otros. Cosa de locos.

El gato viajero

Una vez subió un gato al tren que va de Roma a Bolonia. Gatos en el tren siempre se han visto, generalmente dentro de un cestito, o en una caja con algún agujero para respirar. En el tren se han visto hasta gatos vagabundos, gatos de nadie que han caído en un vagón abandonado a la caza de topos. Pero éste de quien hablamos era un gato viajero y viajaba por su cuenta.

Llevaba una cartera negra bajo el brazo, como un abogado, pero no era un abogado, era un gato. Usaba gafas como un contable miope, pero no era un contable y veía estupendamente. Llevaba el abrigo y el sombrero como un galán, pero no era un galán, era un gato.

Entró en un compartimento de primera clase, echó el ojo a un sitio libre junto a una ventanilla y se sentó. En el compartimento ya había tres personas: una señora que iba a Arezzo a ver a una hermana, un comendador que iba a Bolonia por negocios y un jovencito que iba no se sabe dónde. La entrada del gato suscitó algunos comentarios:

La señora dijo:

—Qué gato tan mono, *bsss, bsss, bsss*... Viajas solo, como un hombrecito ¿eh?

El comendador dijo:

—Esperemos que no tenga pulgas.

—¿Pero no ve cómo está de limpio?

—Esperemos que... bueno, querida señora, yo soy alérgico a los gatos. Esperemos que no me pegue el catarro.

—Pero si no tiene catarro, ¿cómo se lo va a pegar?

—A mí me lo pegan todos, apreciada señora, me lo pegan hasta los que no lo tienen.

—*Bsss, bsss, bsss...* Te has adelantado para guardarle el sitio a tu dueña ¿eh?

—¡*Miao!*

—Qué vocecita tan bonita. ¿Qué habrá dicho?

El jovencito habló por primera vez:

—Ha dicho que no tiene dueños, es un gato libre y soberano.

—¡Qué interesante!

—O sea, un gato vagabundo —observó suspicaz el comendador—, esperemos que no me contagie el sarampión.

—¿El sarampión? —exclamó la señora—. Pero si los gatos no tienen sarampión y además es una enfermedad que se pasa de niño.

—Querida señora, yo no lo he pasado de niño. ¿Sabe que es más peligroso si se tiene de mayor?

El tren se puso en marcha y al cabo de un rato pasó el revisor.

—Billetes, señores.

La señora abrió el bolso:

—Uy, el billete, a saber dónde lo habré metido... Espere, espere, tiene que estar aquí... Ah, sí, menos mal.

—Gracias, señora. ¿Y el billete del gato?

—Pero si el gato no es mío.

—¿Es suyo, señor?

—Sólo faltaría eso —estalló el comendador—. No puedo aguantar a los gatos. Me hacen subir la tensión.

—El gato tampoco es mío —dijo el joven—. Es un gato que viaja por su cuenta.

—Pero tiene que llevar billete.

—No le despierte, que duerme... Es tan gracioso, mire que morrito.

—Morrito o no, tengo que picarle el billete.

—*Bss, bss, bss* —hacia la señora—, minino, minino..., ea, vamos, mira quién está...

El gato abrió un ojo detrás de otro y maulló:

—*Miao miao.*

—¡Y encima protesta! —criticó el comendador—. Es como para volverse loco. Por qué no viaja en coche cama, digo yo...

—No ha protestado —explicó aquel joven—. Ha dicho: ruego que me perdone, me había amodorrado...

—Amodorrado ¿eh?

—Sí, parece que le gustan las palabras selectas.

—*Miao miao* —hizo de nuevo el gato.

—¿Qué ha dicho ahora? —preguntó la señora.

—Ha dicho: por favor, aquí está mi billete —tradujo el joven.

—Oiga, compruébelo bien —dijo el comendador al ferroviario—, hay gente que viaja en primera con billete de segunda.

—El billete es correcto, señor.

—*Miao, miao, miao* —maulló el gato enérgicamente.

—Dice —explicó el joven— que debería ofenderse ante sus insinuaciones, pero le respeta en atención a sus canas.

—¿Canas? ¡Pero si soy calvo!

—*Miao, miao.*

—Dice que ya ha visto que es calvo, pero que si tuviera pelo sería blanco.

La señora suspiró:

—Qué bien entiende usted la lengua de los gatos. ¿Cómo se las arregla?

—Es fácil, basta con prestar mucha atención.

—¿*Miao? ¿Miao?*

—Pero cuánto habla ese gato— gruñó el comendador—. No se calla ni un momento.

—¿Qué ha dicho? ¿Qué ha dicho? —preguntó la señora al joven.

—Ha preguntado si le molesta el humo.

—Qué va, minino, nada de eso... Uy, mire, me ofrece un cigarrillo... ¡Qué bien enciende! ¡Parece de verdad! Quiero decir, parece un auténtico fumador.

—Si fuma es un fumador ¿no? —refunfuñó el comendador—. ¿Qué quería que fuese, un cazador de leones?

—*Miao miao*. Ha dicho: hermoso día. Ayer no fue tan bonito. Esperemos que mañana sea tan bonito como hoy. ¿Van lejos sus señorías? Yo voy a Venecia por asuntos de familia.

PRIMER FINAL

Se descubre que «aquel joven» es un ventrilocuo, prestidigitador e ilusionista: todo lo ha hecho él.

SEGUNDO FINAL

Se descubre que el gato no es un verdadero gato, es un gato-robot: un juguete de lujo que se pondrá la venta las próximas navidades.

TERCER FINAL

Aún no existe. Pero sería bonito que algún día se pudiera hablar realmente con los animales. Si no con todos, por los menos con los gatos.

Los finales del autor

EL TAMBORILERO MAGICO

El primer final no me gusta: ¿cómo un tamborilero alegre y generoso se va a convertir de repente en un salteador de caminos? El tercer final no me va: me parece una maldad poner fin a la magia para castigar una pequeña, inocente curiosidad. La curiosidad no es un defecto. Si los científicos no fueran curiosos, nunca descubrirían nada nuevo. Estoy por el segundo.

PINOCHO EL ASTUTO

El primer final está equivocado porque no es justo que Pinocho el astuto, después de todos esos embustes, sea festejado como un benefactor. Dudo entre el segundo y el tercero. El segundo es más gracioso, el tercero más mal intencionado.

AQUELLOS POBRES FANTASMAS

El primer final es imposible: no creo que en la Tierra queden tantos miedosos. El segundo es divertido, pero no por las ranas, pobrecitas. Me gusta más el tercero, también porque deja la puerta abierta para continuar la historia.

EL PERRO QUE NO SABIA LADRAR

Decididamente estoy con el tercer final. Es importante encontrar el maestro adecuado: más importante que convertirse en estrella de circo o tener todos los días la sopa preparada en la escudilla.

LA CASA EN EL DESIERTO

El primer final hace reír, pero es absurdo. El segundo estaría bien, pero es increíble: ese señor Puk no era un tipo como para conmoverse por las desgracias de los demás. Prefiero el tercer final, aunque es un poco melancólico.

EL FLAUTISTA Y LOS AUTOMOVILES

Mi final es el tercero. ¿Es necesario que explique por qué? No lo creo.

LA VUELTA A LA CIUDAD

El primer final es para los soñadores. El segundo para los pesimistas. Yo estoy a favor del tercero: me gusta que Paolo sacrifique su sueño personal, hermoso pero abstracto, para ayudar en forma concreta a quien tiene necesidad de él.

CUANDO EN MILAN LLOVIERON SOMBREROS

El primer final, banal; el segundo, demasiado misterioso. Estaría bien el tercero, pero no explica el porqué de aquella lluvia de sombreros. Aunque, aquí, entre nosotros, ¿qué necesidad hay de explicar? Esos sombreros son una aparición alegre y anuncian una esperanza: en realidad se espera que no caigan del cielo proyectiles más peligrosos sobre nuestras cabezas...

ALARMA EN EL NACIMIENTO

El primer final es antipático. El segundo muy injusto porque obliga al piel roja a convertirse en un blanco. El justo es el tercero, pero, naturalmente, puedo equivocarme.

EL DOCTOR TERRIBILIS

Francamente, no sé cuál elegir. Los tres finales me parecen divertidos e instructivos. ¿A vosotros no?

VOCES NOCTURNAS

Prefiero el tercer final, o sea el que no hay todavía. Es un poco triste, pero no todos los cuentos pueden terminar con una fiesta.

MAGO GIRO

El primer final es flojo: los países atrasados no necesitan de magos sino de la ayuda de los pueblos más afortunados. En el segundo final el mago se nos presenta como un egoísta: lo descarto. Me gusta el tercero porque el mago no siente miedo a recomenzar su vida desde el principio.

LA AVENTURA DE RINALDO

El tercer final, aunque bromista, me parece el más lógico. El primero es demasiado dulce, el segundo demasiado amargo.

EL ANILLO DEL PASTOR

Desecho el primer final porque no creo que aquellos pobres bandiduchos tuvieran todos aquellos tesoros. El segundo les gustará a los espíritus aventureros y optimistas, el tercero a los pesimistas. Creo que del segundo y el tercero pueden extraerse otras muchas historias y aventuras.

TAXI PARA LAS ESTRELLAS

Mis preferencias son para el tercer final porque me gustan los huevos. El final apenas está esbozado: si tenéis gana, escribidlo vosotros.

LA ENFERMEDAD DE TINO

Bastante divertido el primer final. Un poco loco el tercero. El segundo me parece el más adecuado, pues es verdad que —como se dice en el cuento— quien tiene tantos amigos no puede sentirse solo.

AVENTURA CON EL TELEVISOR

No hay duda: el mejor final es el tercero, y ya está bien explicado el porqué.

LA GRAN ZANAHORIA

El primer final es para reír. El segundo es una especie de inversión de la historia. El tercero es el más corto pero tiene moraleja: ya sé que no se hacen cuentos con moraleja... pero por una vez...

CIEN LIRAS EN EL BOLSILLO

No me gusta ninguno de los tres finales. La verdad es que éste no es exactamente un cuento, sino la fantasía de uno que no tiene ganas de trabajar. Pero también a él, pobrecillo, hay que comprenderle: ha trabajado toda la vida y siempre ha ganado demasiado poco para encontrarse cien liras en el bolsillo.

EL GATO VIAJERO

También aquí me gusta más el final que aún no existe. Siempre estoy a favor del futuro.

Indice

INFANTIL

SERIE NARANJA
desde 10 años

FERNANDO ALONSO
El hombrecito vestido de gris

KRISTEN BOIE
Todo cambió con Jakob
¡Qué suerte hemos
tenido con Paule!

ROALD DAHL
El dedo mágico
Las brujas
Los cretinos
La maravillosa medicina
de Jorge

MICHEL DORRIS
Taínos

GERALD DURREL
Rosy es mi familia

CHRISTAMARIA FIEDLER
El verano de los animales

CARLO FRABETTI
La magia más poderosa

MARIA GRIPE
Elvis Karlson

PETER HÄRTLING
Ben quiere a Anna
La abuela

HANNA JOHANSEN
¿Los dinosaurios existen?

ERICH KÄSTNER
La conferencia de los animales

CHRISTOBEL MATTINGLEY
Asmir no quiere pistolas

GIANNI RODARI
Cuentos para jugar

SEMPÉ/GOSCINNY
El pequeño Nicolás
Los recreos del pequeño Nicolás
Las vacaciones del pequeño Nicolás
Los amiguetes del pequeño Nicolás
Joaquín tiene problemas

ANGELA SOMMER-BODENBURG
El pequeño vampiro
(16 títulos)

PETER TAVERN
Piratas en la casa de al lado

ALFAGUARA

Este libro se terminó de imprimir en los talleres gráficos de Anzos, S. A., Fuenlabrada (Madrid), en el mes de julio de 1996, habiéndose empleado, tanto en interiores como en cubierta, papeles 100 % reciclados.